子育てごっこ

Kyoko
Miyoshi

三好京三

P+D
BOOKS
小学館

目次

子育てごっこ

第一章

一

袖浜地区をかかえこんだS村一帯は、三陸海岸の段丘の中でもひときわ高く、昔は海岸線を走る汽車が難渋して登りかね、一度戻ってから惰性をつけた上で登り直したことが再々だという。沿岸部で冬場に根雪になるのも、そのあたりではS村だけであったから、浜から更に七キロも登りづめに奥に入った袖浜はもはや山村で、地名も袖浜ではなく袖山が似合うと村の者は言っている。

S小学校の袖浜分校は、その地区の中でもひときわ目立つ高台にあった。小ぢんまりした盆地状の聚落《しゅうらく》の中で、赤瓦に白壁のその分校は、ふとメルヘンの中のひそやかな学校に見えた。信吉と容子は、そこで足掛け十三年教師をつとめている。

校庭の南側の斜面を、重く排気音を荒だてて車の登る音がした。二人は、来たのかな、というように顔を見合わせた。来訪者は、いつもそのようにしてやって来るのだった。車の爆音が、まちがいなくこの分校の門をくぐりそうだ、ということを耳でたしかめてから、信吉と妻の容子は薄暗い宿直室から玄関に出た。

迎えたいほどの客ではなかった。

信吉は、初め、その放浪画家だという老人の来訪を、仲介役の友人を通して断っている。

「滋味のある老人ならいいがね。老耄《おいぼ》れたヴァガボンドはいやだよ。鬱陶しいよ」

それでも友人の立野は連れてくるというのだった。

「村じゃ、もう、君のところぐらいしか、興味をひきそうなところがないんだ」

古くさい型の、そのくせ図体ばかりが大きい自動車が、校門の前の坂道を登り切って、夕暮の校庭に進路を変えた。平らな校庭に入っても、車は不器用にのろのろしていた。そして、今までの来訪者の誰もが止ったことのない、校庭の真ん中に停車した。

後部ドアが開いて、はじけるように桃色の洋服がとび出した。

十歳ほどの少女だった。

「わあ、竹馬がある」

少女は迎えに出た信吉たちには眼もくれず、玄関わきに立てかけておいた竹馬を持ち出して乗り始めた。乗るというのではなかった。片足をかけてはよろけ、竹馬を押したおしては膝をつき、した。

「こうするんだよ」

あとから降りた立野が乗ってみせた。

「いやん、貸して」

すぐにひったくって、少女はまたよろけ続ける。

そのころになって、老画家はやっと運転席から降り立った。そして、しきりに赤いシャツのポケットを探ったり、暗い車の中を緩慢に覗きこんだりした。

それから信吉たちに向かって歩き出した。思いのほか背が高くて、昔のノッポが大抵そうであるように、やや肩をまるくして首を覗かす恰好で近づいて来た。

いらっしゃい、と迎えると、や、と軽く手を挙げ、勝手知ったように玄関を入ると、つっかけて来たサンダルを脱ぎすて、大きな素足で廊下を歩き出した。

炬燵《こたつ》の前にあぐらをかいてから、

「いい所だ」

と、老画家は呟くように言った。それが挨拶のつもりらしかった。

酒をすすめると、いや、わしはこれを飲む、と言って、汚れた黄色い瓶をポケットから取り出した。

「フランスの労働者が飲む焼酎ですよ」

コップに半分ほどついで、勝手に飲むといったしぐさで舐《な》めはじめたころ、廊下をかしましく響かせて、少女が宿直室にとびこんで来た。

「わあ、まだ炬燵あるの?」

「この辺の浜は、梅雨どきが寒いのよ。だから七月にならないと炬燵を外さないの」

容子の説明を聞くふうもなく少女は炬燵に足をつっこみ、先に用意してあった皿の鮑《あわび》をつまんで、

「食べていい? 何ていう貝なの?」

口に運んでいた。

竹馬の訓練で汗ばんだ立野は、汗をふいて室に入りながら、

「驚いたでしょう、回転の速い子なんですよ」

好ましそうに少女を見ながら容子に言った。

少女は、ほとんど両手を交互に出すようにして、せわしく鮑を抓《つま》んでは口に入れ、あらためて三人の男が初対面の乾杯をしようとする頃には、大皿に盛った鮑が心細いほどに減っていた。

含んだところがあるというほど隠微なものではなかったが、一度断った客と心おきなく談笑するためには、一応酔い痴れるというところまでアルコールを満たさなければならないのが、

信吉の気質であった。

画家の放浪した土地のようすなど、あたりさわりのないことを話題にしながら、意識的に立野との献酬を速めた。

すぐに赤くなった立野は、やがて、

「専門家から見て、このお嬢さん、何年生ぐらいだと思うね」

と言った。

「五年生」

即座に信吉はこたえた。

「中学……二年生かしら」

容子は奇妙なものを見るように、じっと少女をみつめながら言った。

「差が開いたね」

立野は愉快そうに老画家を見た。老画家は会話には関心なげに雲丹《うに》を舐めたり、フランスの焼酎というのを舐めたりしていた。

「何年生なんですの?」

「無年生」

「なに?」

「学校に入ってないんだよ。だから無年生。入ってないというより、入れてないんですね、先生」

「まあ……」

めんどくさそうに言って、老画家は少女のぱくついているレタスに手を伸ばした。レタスを引き裂き、塩をまぶす手つきが、少女とそっくりであった。

「日教組がね……」

老画家は口をもぐもぐさせた。歯がまいっている。

「わしは、日教組が嫌いなんですよ。日教組の親玉と喧嘩しましてね。それで入れません」

「どう、面白いだろう」

と、立野は手柄顔だった。信吉の興味をかきたてなければ、立野の仲介者の役割は果されないのであった。

「喧嘩ねえ」

とだけ信吉は言った。信吉も容子も日教組の組合員だった。二人共、分校勤務ということで、組合活動にはあまり積極的に参加することはなかったが、積極的に組合を否定するというのでもなかった。

「それで、勉強は?」

容子が訊ねた。

「わしが教えますよ、英語でも、フランス語でも」

「先生が忙しいときは、東大の学生を家庭教師にするのだそうですよ」

立野がつけたした。

「お孫さん……なんですね」

今まであからさまに訊きかねたことを、やっと口に出すきっかけができたように容子が言うと、

「そうです、娘の……」

「娘さんが離婚でもなさったんですか」

「まあ……、ちょっと複雑だが……」

「銚子を」

と信吉は容子を促した。信吉は少し苛立った眼つきになっていた。その眼は他人の事情に興味を持ちすぎるな、とも、どうせ嘘っぱちなことに本気になるな、とも言っているようであった。

燗《かん》をつけに立ち上がってから、容子は寡黙になった。渉外は信吉にまかせる習慣であった。

信吉が酔い痴れるところまでいったのは、二時間ぐらいたってからだった。座を繕うことに

懸命になっていた立野は、疲れて眠そうな顔になっていた。

「どうです、先生」

信吉は少し横柄な口調で言った。

「この分校に、お孫さんを留学させるおつもりはありませんか」

「そうしようか」

造作もなく老画家はこたえた。立野は眠気がさめたように、

「そりゃあいい」

と言った。

「ユニークな教育をやってますよ、この分校は。こいつは、ちょっとその辺の教師と違いますから」

「日教組臭はあまりない筈です。おろかな画一教育もやりませんよ」

「そう、画一化はいかんよ、君。人間は自由に育てなくちゃ」

老画家はほとんど酔っていなかった。フランスの焼酎をコップに二つほど飲んだだけである。

下瞼が下がって、逆三角のけわしい眼をしていた。

先ほどから、老画家は、昔のフランスのアナーキストのことや、大東亜戦争の開戦の部分的内幕や、著名な画家の棚下しなどについて、脈絡なく呟いていた。

それで、分校留学の話もそのまま海草の食べ方の話題に移行してしまい、呼んだタクシーが来て立野一人だけが帰ってしまうと、どれ、寝かしてもらおうか、と立ち上がって、画家は便所の方へ行った。

すでに居眠りをしていた容子が、あわてて特別教室兼用になっている小さな教材室に蒲団を敷きに行ったあと、持って来た漫画本に読みふけっていた少女が、急に信吉ににじり寄って首に腕をまわした。

「ね、留学の話、ほんとう?」

「まあね」

「ね、あたし、入ってあげてもいいわよ」

「何だ、あげてもいいって?」

信吉は酔眼の底からあらためて少女を見た。つり上がった眼がせまってくる感じで、そのくせ孤児の白い表情がある。

「おじいさん次第だな」

信吉はやり切れないように少女の腕を首からほどいた。

便所から老画家の足音が聞えると、少女ははじかれたように立ち上がって、

「ね、ほんとうに入ってあげてもいいのよ」

念を押して教材室の方へ駈けて行った。

二

夫の気まぐれには慣れっこになっているし、どうせ気まぐれと言っても、半年前に買ったばかりの新車を替えるとか、きょうからコーヒーはインスタントをやめて本物の豆にするといった程度のことばかりで、実害といえばあまりない、わたしは予定したことや約束したことはできるだけその通りにしてほしいのだけれど、まあ、気まぐれでいきなり変更されたところで神経がちょっと苛立つだけなのだから、我慢しているうちに慣れっこにはなっていたのですが、今度のことばかりは単なる気まぐれではすまされない、少し狂気じみた、大袈裟に言えばわたしたち夫婦の存在をゆるがすような、実害のある気まぐれで、わたしはめぐりの悪い思惑を頭の中で浮かしたり沈めたりしなければならなくなりました。

星沢老人が孫娘を連れて見えたときは、夫はいつものように客に疲れた顔のままで、この分校はとても来客が多いのです、まあ、二、三日も逗留させてやれ、といった態度だったけれど、翌日、リリ（老人は孫娘の吏華をそう呼んでいる）を全校朝会に参加させて、子どもたちがその後の朝自習をしている間、わたしがちょっと気にしていたことを夫に洩らした途端に表情が変わってしまい、あ、しまったと思ったときには、夫は憑かれたように、もう、行動を始めていたのでした。

「ね、わたし、断ったわ」

「何をだ」

「リリが学校に入れてほしいって言ったの」

「入ってあげるとは言わなかったのか」

「入れてほしいって必死なのよ」

「ふむ」

と、夫は頭の中で何事かを切り替えようとするときのいつもの表情になって、眼を鋭くしました。

「なんで断ったのだ」

「だって、部屋がないでしょ？　漁師たちが下宿させてくれるはずはないし、だから、駄目だって言ったの」

「……」

「そしたら、台所でもいい、廊下でもいいから、自分だけでも泊めてくれって言うのよ」

わたしはしつこい子だと思ってそう言ったのに、夫は、なに、そう言ったのか、と身を乗り出しました。あ、しまった、と思ったのはそのときで、夫はこうなると制止がきかないのです。

リリは初対面のときから可愛げのない子でした。礼儀というものを全く知らない、それはまあ、無作法な老画家と放浪を共にしてきた特殊な子ですから仕方がないとして、箸を使わないで手づかみでものを食べる仕草や、ふっと夫に見せる思いがけず娼婦じみた媚態や、ごはんをお代わりするときの、おさんどんにでも突き出すように、にゅうっと黙って茶碗をさし出す態度などが、どうにも腹にすえ兼ねるようで、でも、仕方がない、二晩か三晩のもてなしで終わるのだからと、こらえてこらえていたところへ、学校へ置いてくれとすがりついて来たものですから、もう、即座に断り、理由は学校が手ぜまだからということにしたのでした。それにひるむことなく、台所でも廊下でもいい、お風呂場のすみにだって寝られると畳みかけてきたので、ここはわたしたちの家じゃないの、公舎、つまり役場の管理するおおやけの建物だから自由にできないの、としつこさに苛立ちながら断り続けると、でもおじさんは留学させるようにおじいちゃんにすすめていたわよ、おばさんで話がわからないのならおじさんに頼んでみようかしらと言って、朝食の後片づけをしているわたしから離れて全校朝会に出て行ったのでした。

「浪花節ね」

わたしは夫がリリの入学に本気になり始めたのがわかって、夫がいつも深刻な問題を茶化すときのことばを使って問題を切り上げようとしました。

「浪花節だな」

こわい顔で言ってから、

「だれがこんな浪花節を年端《としは》のいかぬ子に演じさせているんだい」

そして、ひでえ問題だ、と涙ぐまんばかりの顔になり、わたしの危惧《きぐ》にはかかわりなく、たちまち老画家に対する態度が変わっていきました。

朝食はいつも遅くとるという老先生が、三時間目の授業のときになってわたしの教えている低学年の教室に入っていらっしゃって、ナイフないかな、オランダのチーズを切りたいんだが、と、だしぬけに出現した醜悪な老人におどろいている分校一、二、三年複々式の八人の子どもたちを全く無視した態度でおっしゃったとき、持っていた教科書を伏せてわたしが教室を出ようとするのを待ち構えるように、もう夫は四、五、六年複々式の自分の教室から気配を感じて出て来ていて、お食事ですか、おい、支度しろよ、さあ、どうぞ、と、宿直室に自分まで入ってしまった。あらためて子どもたちに自習を言いつけて、炊事場でおみおつけを温め直したり、漬物を刻んだりしていると、高学年教室の授業を見学していたらしいリリが寄って来て、ね、おじさんに言ってくれたでしょ、何て言ってたの、と、またぞろ食いさがるものだから、わからないわ、相談するひまなんかなかったでしょ、と切り口上でこたえると、したくせに、けち、と毒づいて、そっと宿直室の戸の隙間から老画家と夫の動静をうかがい、わたしと眼が合うと、イーと鼻にしわを寄せて歯をむき出してから、分校の子どもたちの真似のできないようなとてつもない足音をどたばたさせて、また、高学年の教室に入ってゆきました。

朝食を揃えて宿直室に入ってゆくと、夫は老画家の尊大さに張り合っていた前夜の余裕なぞ、小魚の骨ほども持ち合わせない卑屈さで、おまけに作り笑いなどしながら、

「吏華さんの個性を害《そこな》うようなことはしないつもりです。先生が考えていらっしゃる、自由教育が、このような分校だったら可能だと思うんですが」

敬語まで使ってリリの入学をすすめている。やっぱりこの人は始めてしまったと、お盆から御飯やお汁を一つずつ炬燵板の上に置きながら、わたしは夫が気まぐれを始めたときのいつもの適応を心がけていました。

夫の誘いにはこたえず、星沢先生はわたしの並べるものをじっと見ていて、並べ終わると、ゆうべのレタスを下さい、と言われた。さいという語尾の押しつけがましい調子が気に入らないと思いながら、それでもはいと従順げに返事をして、わたしは学校の裏の畑にまわる。夫は菜園の世話など一切やらないから、育てたレタスはわたしのものです。夫が食べる分には文句はないけれど、気にいらぬ客に食べられるのはいやだから、玉のあまり大きくないのをとってきて水で洗いました。老画家は、こりゃ、ゆうべより少ねえや、と言いながら、それでも葉っぱを手で抓んで引き裂くと、塩をつけて頰張った。頰張るといっても歯が参っているからバリ

バリというわけにはゆかず、思いきりわるそうに口をもぐもぐさせながら食べている。結局、わたしが温めた味噌汁とごはんには全く手をつけず、自分で持って来たらしいフランスパンを、そこら中に屑をこぼしながら半分食べて、終わると、コーヒーを下さいというのです。

食事を見守りながら、しきりにわたしたちの分校教育のユニークさを言いたてていた夫は、コーヒー、のことばが老先生から洩れた途端、わたしが返事をしないうちに、

「あ、豆をくれ、ブルーマウンテンをひこう」

と言う。インスタントでいいんだぜ、と老先生が言っても、もう聞く夫ではない、とうとう、ふだんは客にはモカを出せ、ブルーマウンテンは俺だけが飲む、と言っていた秘蔵のブルーマウンテンを、夫は三人分、わたしはコーヒーが嫌いなのに三人分、ガリゴリとひいてしまった。

老画家が、今夜も来るからと、リリを連れて鈍重な車に乗ってどこかへ出かけたあと、夫は初めてわたしに相談をしました。

「どうする？」

「どうするって、リリのこと？」

「そうだ。星沢吏華のことだ。ひきとって学籍をとってやろうと思う」

わたしは黙ってしまいました。夫が生真面目な表情で、どうする、と相談するときは、大抵は事がよほど進捗《しんちょく》してしまってからで、よし成行きがそれほどになっていないにせよ、牢固と

して抜きがたい覚悟が定着してからで、たとえわたしが反対したとしても、凛々《りり》しいばかりの正論を堂々と開陳されて、夫の思いどおりに事が運ばれるのが通例ですから、いかにわたしが無礼な老人に嫌悪を覚え、小生意気な少女を面憎く感じていたところで、あからさまにそれを言うことはできないのです。しかも今度の場合は、相談の段階なんか、もう過ぎているといっていいでしょう。

「思い通りになさったら?」

感情を殺し終わってこたえました。

「反対なのだな」

「反対じゃないわ、わたしたちには子どももないことだし」

「子育て趣味だと思うか」

どきり、としました。この人は、本気で今の二人きりの生活を味気なく思っていたのかしら。むら気で亭主関白な夫は、それでもわたしの不妊についてだけはデリケートで、たとえば、テレビで「おかあさん」と標題のつくホームドラマは絶対見ようとしませんでしたし、たまに町に出てあけっぴろげな親子の団欒《だんらん》の風景に出くわしたりすると、何気ないふりをして食堂に入りこんだり、教師にあるまじいポルノ映画館に入ったりして、母になれないわたしを庇護しようとしていた。その演出がぎごちないために、かえって夫の自分の子どもへの願望と執着がすけて見えたものですが、子孫がほしいというのはあたり前のことですから、わたしはその下手な演出を、横暴な夫のたった一つの愛の証と思って、甘んじて不妊のいたわりを受け続け、いつのまにかそれがわたしたちの家庭を維持させている唯一の絆《きずな》になっているのだと、安心していたふしがあります。

「子育ての興味だなんて思わないわ」

「そうだよ、そんなつもりは全くない」

「……………」

「だれが、五年生になるまで未就学児童を放っておいたんだ」

「どこの教育委員会でも、見て見ぬふりをしていたんでしょうかね」

わたしも、調子を合わせました。

「教師が弱腰なんだよ。気違い画家に日教組野郎なんて怒鳴られると、尻尾をまいて引きさがっていたんじゃないのか？」

「星沢先生は気むずかしそうですから。それから星沢先生はどうするの？　一緒に面倒をみるつもりはないんでしょ？」

「当り前だ。まあ、おだてたりすかしたり、慇懃《いんぎん》にやりゃあ、何とかなるさ。吏華だけは未就学児童なんだから、放っておくわけにはゆかない」

「思うようになさっていいわ」

老人が来ないだけでも、わたしにはまあ救いでした。

その日から夫のひた向きな仕事が始まりました。本校の校長・教頭と打合わせること、教育委員会や教育事務所と連絡して指示を受けること、老画家の諒解を強引にとりつけること、リリの本籍地から戸籍抄本を取り寄せること、リリの知能テストを試みて編入学年を決定すること、リリをわたしたちの寄宿人として住民票を作ること、老画家の独居自炊の家を隣町にみつけてやること——。

二週間の間、夫はそれにかかりずめで、やっとリリが正式に袖浜分校の五年生として学籍を得たとき、わたしが思わずおめでとうと言ったほど、夫は心労で憔悴《しょうすい》していました。

リリは野良犬のように飯を貪り食う少女で、一週間も同居すると、わたしたちの食費が倍に膨れ上がってしまっているのが、すぐにわかりました。

三

垢ぬけがしている。しかし、そのようなことは星沢吏華の編入学にかかわりはない。洗練された東京ことばを話す。そんなことも珍しいことではない。

袖浜分校の教育については、ぼくは自負を持っている。

勤勉、持久力、純朴、自然との調和。

僻地の子どもたちにはそのような特性があって、ぼくはそれを最高度に伸ばし、または意識的に自覚させようと試みている。郷土芸能や朗読の指導を軸にして、その実践は、たしかに効果をあげていると、ぼくは確信している。

最初の日、吏華に朗読をさせてみた。か細い声で、速口に吏華は音読し、自信に満ちた分校児童は、顔をあげて、こんなものでいいのか？　と眼でぼくに問いかけていた。

「三カ月もすれば追いつくさ」

と、ぼくは吏華をいたわり、東北地方を放浪しながら、言語については優越感を持っていたらしい吏華は、ふしぎそうな顔をした。

続いて六年生の良三に読ませた。メリハリが違う。十年を越えるぼくの読解指導が、伝統となって良三の朗読に定着している。

吏華は一瞬みじめな顔になり、しかし、つぎにはもう立って、良三の耳に口を寄せていた。

「あんた、すごいのね」

顔をよけて、それでも教師の声がかかるまで、良三は読み続ける。

「おばちゃんとこへ、行ってくるわ」

少女とは思えない、頭にひびく足音をさせて、吏華は低学年教室へ駈けてゆく。

「だんだんに、直るだろう」

あっけにとられている分校児童に、ぼくはヴェテラン教師らしい余裕をみせて喋ったつもりだが、どこかに保護者としての弁解の匂いがあったように自分で気がついて、

「吏華に染まらぬように」

厳然と注意した。

吏華に学籍をとってやれたことが、当面、ぼくの気持にヒロイックな張りを持たせている。しかし、美貌の少女だから入れたのでも、子育ての興味があって入れたのでもない。二十年の教職生活の中で、自然のうちに胎動していたと思われる、教育衝動のようなものでぼくは動いた。そう思っている。

そういう点で、ぼくは今まで星沢老人の周囲にいた市民、教師、教育行政者たちを、芯から軽蔑している。就学の義務は絶対で、老人や吏華の気質、人格などにはかかわりなく、無理強いしてでも履行さすべきなのだ。なぜ五年間もこの二人は放置されていることができたのか。

しかし、このぼくの考えはあまり一般的ではないようで、立野をはじめとして友人たちも、そうまで深入りすることはないと言った。

考えてみると、校長も教頭も村の教育委員会もぼくの行動を支持はしてくれたが、どこかに

無鉄砲さをあやぶむところがあり、そういう点では、はじめ渋る感じがあったにせよ、一番苦労するはずの妻が、最高の理解者、協力者であった。

貰ってもいいわ、とまで言ったときは、ぼくは感動でおののくほどだった。

「積極的にほしいというのではないの。でも親になったつもりで引き取るのではないと、リリが可哀そうだから」

「リリと、言うな」

と、ぼくは綻ぶ顔の筋肉をおさえながら言った。

「貰うつもりはない。しかし、お前がそう言うなら、嫁になるまで育ててやってもいいさ。あくまで育てるだけだ。教育のためだから、リリは止せ。星沢吏華だ。立野が言ってたよ」

「何て？」

「リリっていうのは、ニックネームじゃなくて、ペットネームだって。老人に向かってもそう言ったらしい」

「先生は怒ったでしょうね」

「あたり前だ。老耄れても芸術家には違いないんだから。でも、ペットのつもりで学校にも入れずに引きまわしていたのは事実なんだ」

「当分、甘えさせてやらなくちゃね」

「俺もそう思っている。親の愛を、あの子は知らないのだ」

奇妙で奇特な夫婦にみえたのかも知れない。村人たちも、やや呆れ顔でぼくたちの真意を探りたがっていた。しかし、ぼくたちは、こうしようとせず、している者を怪訝《けげん》に思う周囲の人々の考え方、生き方こそが奇妙であった。

ぼくたちは、はずんだ気持で、町へ出るとおみやげを買ってきた。電話で、どんなものが欲しいか、宿直室でひとり留守番をしている吏華に問い合わせた。そのようなとき、ぼくも妻も、できるだけ自分が電話をかけるように張り合った。

子どもがなくても母性本能はある。それは妻が猫をほとんど性的なまでに愛撫することで、ぼくはわかっていた。今でも猫を抱いてねている。正確には吏華と猫を、である。

妻はどういうつもりか、来客用の教材室に吏華を寝かせるのではなく、ぼくたちの部屋に寝かせた。ぼくと妻の間に猫、妻の向こうに吏華である。まあ、子を抱く味を味わわせてもいいさ、と、ぼくは妻の母性本能に対して鷹揚になっていた。

吏華は眠る前に、しょっちゅう妻越しに長い足を伸ばしてぼくに触れたがった。加減を知らないから、いや、というほど向《む》こう臑《ずね》を蹴とばされることがある。ぼくは父親になったつもりで、女の子が行儀が悪くちゃいかんぞ、などと脂下《やにさ》がった声を出している。いつしか、というより、引き取った途端に、意気ごみとは裏腹に、夫婦は子育てごっこをすることになっていた。

家に戻ったら「おじさん」、教室に行ったら「先生」と呼ばせることにした。しかし、吏華は教室でもおじさんと言って分校児童たちを驚かせた。

「おじさん、ノート頂戴」「もう授業よさないかな、おじさん」という工合だ。

「おじさん、見えないわよ」

ぼくはそのとき、構わず板書を続けながら、

「見えるところで書け」

と言った。

「そおんな……」

吏華はいかにも理不尽なことを強いられているような声を出した。そして、やがてこらえかねたように、

「退《ど》け！」

と叫んだ。

一瞬おどろいた分校児童たちは、すぐにけたたましく笑った。正式入学して二週間ほどの間に、吏華の生活行動が並はずれて奇矯《ききょう》であることに気づいて、子どもたちは蔑視を隠しながら、彼女を補導し始めているのだった。

子ども自体の持っている集団の教育力に吏華を委ねることで、吏華はよほど変わってゆく筈

だとぼくは計算していたのだが、どうやらそれは子どもたちにとって荷が重いようであった。そう感じ始めていたときだったので、吏華が老画家の癇癪《かんしゃく》声から覚えたらしい怒声をあげたとき、ぼくは一度、子どもたちの笑声に合わせて苦笑いをしてから、吏華のそばに行き、耳元で、

「出て行け！」

と叫んだ。

「うるさいわね、いやよ」

吏華は平然とした顔で言った。

「出て行くんだ」

ぼくも少し本気になり、腕の付け根をつかんで立ち上がらせた。

「礼儀知らずは出て行け」

「いやよ、さわらないで」

「邪魔だ！」

爆発した。押し倒された吏華は、初めておびえた顔になって教室を出て行った。

授業が終わって宿直室に戻ると、吏華は猫と遊んでいて、ぼくの顔をみると、鼻に皺《しわ》を寄せてイーをした。

一時間の授業をじっとして受けることができない。しょっちゅう欠伸《あくび》をし、すぐに立ち歩いては仲間のノートを覗いてひやかしたり、猫に触れに行ったりする。

でも、従順で礼儀正しい子どもだけのこの分校に来る前は、いわゆる問題児といわれる子の必ず二、三人はいる学級を持ち慣れて来ていて、それなりに対処し、指導し続けてきたという自負がぼくにはあったから、東北的類型を持っているそれらの問題児たちよりも、吏華の場合は五年間不就学という特殊事情もあって、新鮮な衝撃を与えられることが多いと、教師の好奇心がたのしんで身構えているところもあった。

そして、やがて吏華の奇矯な行動は、どうやら老画家ゆずりのはったりと傲慢《ごうまん》さをまねているだけで、根はひどい臆病者であることがわかった。

体力テストの五十メートル疾走のとき、吏華は笛の合図で走れなかったのだ。

「笛が鳴ったら走るんだ」

「どうやって走ればいいの？」

「全力で走るんだ」

「全力って？」

「とにかく、思いっきり走るんだ。いいか、用意……」

ピーと笛を吹いても走り出さない。尻ごみをしている。

「タイムが悪くったってしょうがないじゃないか。そのうち走法を教えるから、まず走れ。用意……」

三度笛を吹いても走らなかった。ぼくは癇癪をおこして吏華の胸をこづいた。

「もう教室へ入れ！　見栄っぱりの臆病者」

吏華は白い表情になって動かない。

「教室へ行けっていうんだ。お前の測定はやめだ」

乱暴にこづいて砂場の方まで追いやった。そこに立ちつくして、吏華は友だちの走るのを見学し、やがて未練げに何度もぼくの方を見ながら校舎に入った。

立幅跳や連続逆上りなどのテストが終わるころになって吏華は出て来て、

「どうも済みませんでした。どうか走らして下さい」

と神妙な顔で言った。初めてのお詫びだった。

「わかったのか。勝手は許さん。みんなの通りやるんだ」

「はい」

吏華はませた顔に似合わない声を出した。予想したとおり、吏華は中で給食の支度をしていた妻に、叱られたときはどうすればいいのか訊ねたのだという。そのとき教わったとおりに、ぼくに向かって暗誦したのだ。

あらためて五十メートル走をやらせると、吏華は腰を落し、腕を横に振ってどたどたと走った。踵を鈍重について蛇行しながら走るのである。五年間、体育の授業を受けることのなかった子どもがそこにいた。廊下がひどい音をたてるのも当り前だとぼくは思った。

四

逆三白眼で、口をへの字に結んで、世の中に苦渋をまき散らして八十年間を暮してきたような醜怪な老画家に、吏華はこの数年間、よくも従順について歩いたものだ、犬と子どもは餌を与えるものになつくというが、いかに食い気のかたまりのような吏華にしろ、おじいちゃん、おじいちゃんとなつくには、老画家はいかにも傲慢で気むずかしくてあさましくみえました。複雑な事情というのも何か胡散《うさん》くさくて、もしかすると、老画家は放恣《ほうし》な感情のままに、ペットとして吏華をどこかから強奪して来たのではないだろうか、しかし、そうすると誘拐犯ということになって安穏に放浪などもできるはずはないのだから、やはり実の孫なのかも知れぬ、母親は老画家から勘当されたふしだらな女なのであろうなどと、考えたりしていたころ、村の者が、孫というのも嘘ではないか、いかに孫が可愛いからといって手間のかかる年頃を連れ歩く筈がない、あれはきっと自分の子だよと、これは老画家の年齢を考えれば破天荒のことでしたが、辛い半農半漁の生業によたよた堪えながら、隠微に生き続けて来ている村の人たちの観察は、世間知らずなわたしなどよりたしかなのかも知れぬとも思い、見なさい、顔かたちは勿論、歩きっぷりまでそっくりじゃないか、と言われると、もしかするとそうかも知れないとわたしも合点するようになったので、ある日夫に告げると、夫はさして表情も変えず、想像は自由だし、老画家の生き方も自由というものだが、まあ、祖父にしておけ、祖父なら似ていてもそう不都合がないじゃないか、と言うだけで、やはりどこか怪しい、夫は吏華の住民票を作り、戸籍抄本もとって吏華の学籍を作ったのですから、両人の素性、関係はとくと承知しているはずなのに、ぜったい明らかにしようとしないのでした。よっぽどお喋りだとでも思っているのでしょうか、戸籍抄本も住民票もわたしに見られないように隠しているのです。いよいよあらぬ想像がわたしを初め村の者たちの脳裡を跳梁することになり、計算すれば七十歳で子どもを作ったことになってしまうのでした。

夫は教育一点ばりで、そうでなくとも僻村への転入生は目立つ上に、複雑な事情を背負った特殊児なのだから、好奇心の対象として子どもをさらす愚を犯してはいけないといつも言い、もう目立ってしまっているのですが、あるとき村の集まりで、みんなから毛嫌いされているひとりよがりの男が、吏華がスプーンを曲げることを知って、おい、学校の娘っ子を呼んでくるべえ、とのこの宿直室まで迎えに来たときなどは、一度も学区民といさかいをしたことのない夫が顔色を変え、吏華は見せものじゃねえ、この分校のあたり前の生徒だと、怒鳴りつけたほどでした。

そういうわけで、わたしは為体《えたい》の知れない娘と添い寝をしていることになりますが、為体の知れない子であれ、無作法な小娘であれ、無心な寝顔だけはかわいいものだと思い知るようになりました。

もちろん、起きていれば無礼で傲慢でおませで我欲が強くておまけに食い意地が張っているのですから、可愛げと言ったら小魚の骨ほどもない、あきらめたとは言え夫の気まぐれはかわしようのない津波のように重々しい負担をわたしにのしかけたことになります。眠らない子であったらわたしは発狂したに違いありません。まだ初潮はない模様ですが、少女の固い皮膚が女に向けてなめらかに息づき始めた気配の肌は、何とも清純な触感を添い寝のわたしに伝えてよこして、何も知らずにこんなに大きなからだの娘がわたしの懐の中に安息しているという思いは、今まで経験したことのないのびやかな豊かさでわたしの胸をひたしましたから、そういう折は、夫でなくともこの子の将来を掌にのせてじっと見守ってやりたいような気分になり、醜悪な老人の顔とこの子の面影が重なってしまうのが残念でならないのです。

教育ばかりをきびしく言う夫も家庭にもどるともう子育てごっこに夢中というありさまで、この人は昔からこうでした、南部鉄瓶のように熱し易くさめ易いのです。授業こそはそれが業務ですからきびしくやり、他の分校児童とわけへだてすることはありませんが、よきパパぶりをみせようとするさまはみっともないほどで、吏華はいい気になって、夫をつかまえて、ばか、にやけ、短足、などとじゃれついている。ふつうだったらなぐりとばす、事実、教室でこのようなことがあれば何度もどやされているらしくて、ときおり吏華がべそをかいて、どうしたら男先生の機嫌が直るか教えてくれ、とわたしのところにくるほどなのですが、家庭に帰ると夫は全くにやけてしまう。幼時になくした自分の父の感じを手繰り寄せるようにしながら、古い昔話をして聞かせたり、五目並べをしてずるをたしなめたり、女の子はお行儀よく、なんて緊張感のない声で諭《さと》したり、当初はあるていど甘やかす約束ではありましたが、どうも歯がゆい家庭教育をしている。あれでは家庭教育ごっこ、子育てごっこで、吏華が家庭人らしく変貌できるはずなどありません。

もっともわたしにしたところで、吏華に玄関の朝掃除を割り当て、これだけはずるをさせないように心がけてはいるのですが、ただお玄関はいたの？　としつこく繰返すだけなものですから、結局掃くのは三日に一度ぐらい、それも夫が教師とにやけパパの中間ぐらいの声つきで、決められたことはやるんだ、と言ってくれたときていどのもので、吏華はよくよく放恣な怠け者、よほど気長にかからないと、わたしの家庭教育にしたところで実を結びようがないのでした。

夫が家庭の中でわたしが見たこともない剣幕で吏華を叱り、突きとばしたのは、七月の末、通信簿渡しの日でした。それは父母相談日といって、通信簿を渡しながら子どもの教育について父母と個別に話し合う日ですから、わたしは自分の学級の相談を早く切り上げ、母親のような顔つきで夫から通信簿を受けとり、教室での吏華の勉強ぶりをあらためて聞きました。

理数科の基本が不充分で三年生ごろからの学習が必要であること、だから東大生を家庭教師にしているなどはうそであること（もっとも放浪先にいつでも都合よく東大生がいるはずなど初めっからないのです）、老画家が威張っていたわりには読書力も作文力も稚いこと、やっと授業の受け方はわかってきたが倦きっぽさは驚くばかりであること、体裁を繕うために進歩が阻まれることはあるが、勝気を利用して努力させる手はあること、などなどで、わたしは神妙にそれを聞いて、早速宿直室に戻ってそれを吏華に伝えようとしました。

わたしは、夫が生真面目な顔で父母相談をするものですから、つい、ほんとうに吏華の母になったような奇妙な気持になり、おかしなもので、何か褒めてくれることがあってくれればいいとつい期待しながら聞いている自分に途中で気づきましたから、吏華にもあたり前の児童なみに母親の説諭を聞かせたいという配慮もあって、宿直室に戻ると、吏華ちゃん、通信簿を見せますからおかあさんの前にすわりなさい、と申しました。

吏華は、なあに、早く見せてよ、とわたしの前に腰をおろしましたが、ふと思いついた風に、

「あんた、おかあさんじゃないでしょ？　気取らないで」

そして、わたしの手から通信簿をひったくろうとしました。思わず邪慳《じゃけん》に手を払いのけ、お話を聞いてからになさい、と荒声をたてていました。無性に腹がたち、顔が火照《ほて》りました。殴りつけたいほどです。けれど抑えました。

そして、夫の言ったことを伝え始めました。考えてみると、時間をかけて首尾のととのった話をするのはこれが初めてです。吏華は全く聞こうとしませんでした。すぐに猫の方へとびかかって、これ、トンコ！　とじゃれついたり、ね、夏休みにM市に行っていい？　お小遣いいくら呉れるの？　などと話題をそらす。いくらたしなめても落ちつくことがなくて、これでは夫が授業で持て余して怒鳴りつけるのもあたり前だと思いました。

通信簿には、5・4・3の評定はついておらず、項目ごとに◯・△の記号だけがつけてありました。わずか一カ月だけで格付けするのは望ましくないという夫の考えからでした。

「話を正しく聞きとるが△、おちついて聞かないからですよ。わかりやすく話すが◯、吏華ちゃんのことばがきれいだから。文章を正しく読みとる、◯……」

「それも△じゃないの？」

いじけた声で言うので顔をあげると、吏華は狐のようなとがった顔になっていました。

「どうして？」

「男先生、いつもわたしを怒鳴ってばかりいるのよ、◯なんかつけることないじゃない」

そして、とうとう通信簿をひったくって鋭い眼つきで記号を見ていましたが、やがてわたしに通信簿をつきつけ、これも△、音楽を楽しんで聞いたことなんかないんだから。楽器の演奏も真弓ちゃんより下手でいつも怒鳴られているから△……と、言い募るといった調子でまくしたて始めました。図工、家庭、体育とおしまいまできたとき、

「俺のつけた通信簿に文句があるんだな」

と押し殺した夫の声がそばでしたので、わたしも吏華も声をのむほどびっくりしてしまいました。こういう感じのときの夫は、止めどがないほど兇暴になります。

「どこに文句があるんだ！」

声が炸裂したとき、吏華はすでに夫の腕に釣り上げられて、口をふわふわさせていました。

「音楽が……」

「なに？」

ひどい音がして吏華はぶざまに押入れのところに転がり、反射的にわたしは吏華のからだにのしかかって、夫の第二段の攻撃からかばおうとしました。

「おい、音楽がどうした」

わたしの覆いかぶさった隙間から手をさし入れて吏華の襟首をにぎり、ものすごい力で引っ

張りあげます。

「お詫びするのよ、あんたが悪いんだから」

必死で吏華を抱きしめながら言いました。

「すみません、わたしが悪かったです」

吏華はふるえて変なことばづかいをしました。教室でしばしばある状況が初めて家庭にあらわれたのです。夫は長い間、狼が獲物に食いつくときのような眼つきで吏華を睨んでいましたが、やがて力をゆるめると、どさりと二人を畳の上に放り棄て、

「ふざけるんじゃねえ」

足音を荒げて廊下へ出てゆきました。

わたしが起き直ろうとすると、吏華はまだこわそうにわたしに抱きついて離れません。そのとき、亭主が怒るときは嬶がゆるめ、嬶が怒るときは亭主がなぐさめなくちゃあ子どもは育たねえと、したり顔に言っていた村のある高慢女房のことを、ぼんやりと思いだしておりました。

このようなことがあっても、吏華の生活態度には変化がみられませんでした。夫が表情をゆるめると、またもとどおりの、ばか、にやけ、短足が始まります。あのとき怒ったのが本当かと思われるほど夫は寛容で、相変わらず重たい吏華を膝の上にのせては昔話をして聞かせたり、腕相撲をやったりしている。考えてみると、子どものいる家庭とは実はこんなもので、いや、

夫は学校教育にかかわることだからあのように怒ったのでしょうか、家庭生活だけだったら、依然として甘やかしだけで通そうとしているのかも知れませんでした。

五

運動会の部落一周マラソンで、吏華は年下の三年生からも遠く離れたビリだったが完走した。腕をしまりなく横に振り、腰をまげて、それでも真摯《しんし》に顔を上気させて校庭に駆けのぼって来たとき、ぼくは胸を詰まらせて手をたたいた。ぼくより先に手をたたき始めた見物人たちの、村の仲間としての容認の感情も嬉しく、妻は当然泣いている。

つまずきや、一時的な後退はあるにせよ、吏華は日一日と進歩をしている。無年生が五年生になったのだから、それは当然であった。

編入時の知能テストで中の上だったものが、ためしに九月の運動会終了後に検査をしてみたら、優になっている。知能検査は知能を測るものとして完全なものではないが、日常の言動から見ても、吏華の知能は悪い方ではなかった。それで効果が見え始めたとき、ぼくは加速度的に学習量を多くして、無学年期の挽回をはかろうとした。三、四年のワークブックを買い与えて学習するように命じたのである。しかし、全くやろうとしなかった。おとなびた口ぶりで、

「勉強の好きな人って、あるはずないでしょ」などという。

教室で出す宿題だけはよくやるようになった。同級の五年生（といってもわずか三人だが）たちに追いつき始めたのがわかって、張り合う気になっている。しかし、いくら張り合っても、基礎が全くできていないのだから、妻から教わらずに解ける問題は、まず、ないと言っていいのだ。ヘイギョウ四辺形って何？　などと聞いたりする。

そのためにも三、四年の学習をさせたいのだが、やろうとしない。五年生の分の家庭学習を担任が手伝うと他の子に対して不平等になるから、それは母親的に妻が相談にのり、ぼくはとり返しの分の家庭教師を買って出るのだが、吏華はあっさり拒絶する。勉強ぎらいの上に、五年生がそんなものをやっていられるか、という強がりがある。やれないのにそういうポーズだけはとりたがる傲慢な見栄が目立つのだ。

大きくなったら、東大合格率の一番高いN高校に入るという。吹きだすよりも舌打ちをしたい気持になる。誠に教育は知育と徳育が並行して行なわれなければならないのだと、荒涼たる幼児期と無為の学齢期を腹立たしく思う。

吏華は吏華なりに、外界への適応をせいいっぱい心がけてきて、その結果、傲岸と見栄っぱりという性格を獲得させられてしまったのであろう。無責任な画商や、画かき仲間や、居候先の男たちから、ちやほやされたり、からかわれたり、憐れまれたりしながら、口先だけの大人びたやりとりの中で、吏華は虚勢を保つために懸命になった。やりとりの口調は、シニカルで身勝手な老画家の独善の口吻をまねたはずである。ギャングエージと呼ばれる近隣の子どもたちとのつきあいの時期も、晴れがましい入学式をもって始まる少女期の集団生活も体験することなしに、吏華はおとなの歪んだつきあいの中で、発達だけをさせられてきた。

徳育を決定的に欠けさせた元兇の老画家は、週に一度か十日に一度、吏華に逢いに来た。鈍重な車を唸らせ、汚濁に満ちた人生の中に今も浸っているという顔つきで、憮然とやってくるのだった。いつも吏華の好物の菓子か果物を提げてきて、土産だ、飽きるまで食べなさい、と言う。飽きるまで食えば人間がガツガツしなくなる、と信じこんでおり、それを自分で飽食主義と名づけていた。

吏華は土産を周囲から隠すようにかかえこみ、老人の意志に反してガツガツと食べて、残るとせわしなくどこかへしまいこんでしまう。そして誰かに食べられないようにいつも気を配っている。考えてみると、親、家庭、学校、だれもが持っているものを、この子はほとんど持つことがなくて、自分のもの、というのを、ごく限られた範囲でしか所有したことがないのだ。

ぼくが吏華を引き取ったのは、いかにお世辞や迎合という手段をとって老画家を籠絡したにせよ、おそらくこのように吏華を歪めてしまっている老人の生き方の否定の結果であった。未就学のことを含め、容認するのなら放置している。

しかし、一方では血縁の情愛まで否定することはできないので、だから、老画家がくると、ぼくは吏華に祖父と寝るように命じた。吏華はそのたびに不満だった。しつこく、ここへ寝ちゃいけないの？　と言った。おじいちゃんが許してもだめ？

だめだ、とぼくは厳しく言った。血の絆は、やはり絶対だ。

「星沢先生は、淋しいのを我慢してひとりで暮していらっしゃる。それをお慰めするのが孫のつとめだ」

「でも、わたしがいやだと思ったら？」

「人間じゃない」

「おじいちゃんなんかに、敬語を使うことはないのに」

「お前なんかにはわからない、すぐれた画家でいらっしゃるんだ」

「わたしにとっては身勝手な鬼よ」

どきりとすることを、時折吏華は平然と言った。

「じゃ、そう申し上げてくる。お前はそこで女先生のおっぱいでもいじっておれ」

「何さ、赤ん坊じゃあるまいし」

狼狽するのだから、妻は幼児期のスキンシップを知らぬ吏華に、乳房を与えているのかも知れなかった。

ぼくが立つと、吏華は不承不承パジャマに着替えて、廊下をへだてた教材室に行く。いつか忘れ物をするかして老画家が宿直室に戻ってくるのに出逢ったとき、吏華は廊下で老画家の首っ玉にかじりついて、何かをねだっていた。時折ぼくに対してやることを、より濃厚に必死にやっているのを目撃して、すでに擬装でしか生きられなくなっている女の原型を見る思いであった。どうも、教育はそこまで触手を伸ばすことはできない。

ただ老残にせよ、画家ともあろう者がそのような擬装を感じとるデリカシーがないとは思えないから、そういう点で苦渋に満ちた老人の心象は、ぼくが想像するよりも無残に荒廃しているはずである。そう思うにつけ、有無を言わせず老人に奉仕させるのが、ぼくの施すべき徳育だとも思った。

「君、リリのこと、何か書けよ」

あるとき、老画家が分校に泊ってそう言った。教師が何かを書くといった場合、それはほとんど教育実践記録に限られていて、吏華に関してなら、特殊児童の言動を追跡する事例研究の記録ということになる。吏華を引き取った直後、やはりそれをすすめた本校の同僚がいたけれど、ぼくは書く気がないと言った。吏華の生れ方育ち方が特殊に過ぎて、それをあばきながら事例を研究して発表することは、吏華をさらし者にしながら解剖することになると思ったからだ。

――吏華は見せものじゃない――

真底そう思っていた。

「書けませんよ」

と、ぼくはへり下った答えかたを老画家に対してした。荷が重すぎて、という感じを与えようとしたのだ。

「リリはね、ありゃ、タレントですよ」

得意気に老画家は言い、それは老画家の制作のモチーフとか、モデルになっているという意味に違いなかった。

ところが、タレントというのは、テレビ出演などをする、文字どおりのタレントを意味していたようである。郷土芸能指導のようすを撮りに分校にやって来た地方テレビ局のカメラマンが、あの子を出演させたことがありますよ、と告げたのだ。

「面白い子でしょ？」

カメラマンは意味ありげな笑いをみせた。

「ええ、まあ」

それを教え子として変えようとしているのだ、とぼくは教師の構えになっている。

「西洋風の料理ができる少女という触れこみで出演させたんですがね」

「え？」

できるはずがない。吏華は貪り食うことしか知らない子で、炊事洗濯とは全くかかわりがなかった。

「どうでした？」

「まあ、結構面白かったですよ。料理が失敗しそうになると、突如話題を変えて、カメラの前のディレクターを呼びましてね、あんた、かわいいわね、って言ったんですよ」

苦々しかった。それでタレントだ、というのだ。

「老画家は満足げでね。リリは君らのレベルと違うとか、フランスに留学させるとか、熱をふきましてね」

「滑稽なさらし者番組になったんですね」

「まあ、そうです」

カメラマンが笑うのを見て、吏華め、許せない、という気持になった。

取材が終わってカメラマンが帰ったあと、こんなこともあったそうだな、と詰《なじ》ると、うそよ、うそだわ、と吏華は必死になって否定した。今後、おとなに楯《たて》ついたり、冗談を言ったりしたら殴る、と宣言すると、いいわ、そんなことしたことないんだから、と、老人と二人きりの生活を、すでに羞じて隠したがっているのがわかった。

事例研究などにかかわりなく、ぼくは吏華にあたり前の子になってもらわなければならなかった。性格は変わらない。変えようがない。三つ子の魂百まで、である。だから、あたり前の子にする、というのは、自己本位な欲求を抑えつける力をつけることであり、自己をみつめて特殊であることに気づき、擬装でいいからあたり前の行動をとるようにさせて、まがりなりにも周囲に適応できるようにすることであった。そういう点で、幼児期から少女期にかけての無残に独善な老画家の徳育がまたしても無念なのだが、そうして作られた性格は変えようがない。擬装できる自己抑止力と、自己認識力を育てるより手がないのだ。

十月になって、クラス全員が否応なしに書かなければならない「ぐるぐる作文」を始めた。みずから日記を書こうとしない吏華の救済を兼ねてである。

まず、各学年に一冊ノートを渡し、一人に日記を書かせて提出させる。教師が読んで評を書き児童に戻すと、児童は評に従って文を訂正し、自己の観察なり考え方について反省した上、次の児童にまわす。同学年四～六名の間を日記帳がぐるぐるまわるので、「ぐるぐる作文」と名づけたものだ。

ほかの作文が、文章が少々固くとも真率だったからだろうか、ぼくとも妻ともじっくり話し合うことをしない吏華が、やや真実に近いことを書きはじめた。

「みんなに愛される性格をつくりたい」

などと洩らすようになったのだ。

日曜など、同級の女の子の家に遊びに行くようになっていたが、その記録を忠実に綴ることもできるようになった。

考えてみると、羞じずに忠実に記録できる生活を吏華は持たなかったのだ。だから自分をさらけ出す作文が不得意で、以前は他人を茶化す漫画的なことばの断片しか綴れなかった。

ぼくは、このぐるぐる作文の中に、吏華の過去の生活と、それに関する感懐が出てくるようになれば、吏華の生活態度は飛躍的に変わるかもしれないと期待するようになった。もし母のことを書くなら、いわゆるよい作文ができそうであった。

しかし、吏華はなかなか母のことに触れることはなかった。その代わり、老画家に関する怨念が毎回綴られるようになった。当面の、それが吏華の真実のようであった。ときどき電話で呼び出されて、タクシーで老画家のいる町へ行くことになるのだが、そのために授業が受けられなくなったり、子どもたちとの約束を破ることになったりした。それだけでも老画家は迷惑な存在であった。行ったあとどこかへ伴われ、タレントとして特異性に満ちた言動をとらざるを得なくなること、それを誇らしげに自慢されることもいやだった。自分を思うままにひきまわす鬼だと、芯から嫌っているようである。

もっともなことであったが、吏華の作文に対して、ぼくは、お年よりは淋しいのだからいたわってあげること、そういう心の広さが吏華ちゃんの場合特に必要です、などと評を書くことになった。いやがる者を地獄へ追いやることになるのだが、一方、血縁は何にも増して強力なのだからと、矛盾した思いが低迷した。

妻は、吏華のしだいに真面目になってくる作文を読んでは涙ぐんだ。いやみったらしい不良少女の卵のような子だと思っていたけれど、意外にこだわりのない、さっくりした面もあるようだ、と言うようになった。風呂へいっしょに入ったり、添い寝をしたりしている間に、情が移ったのかもしれない。

学力の進歩にひきかえ、家庭生活だけはほとんど旧態依然だった。小生意気なことばを口にすることは少なくなったが、ごはんの食べ方、仕事嫌い、客への挨拶、廊下の歩き方、すべてが辟易《へきえき》するほどだらしがない。

ある朝、三人が眼ざめたまま吏華の友だちのことなどを話している間に、妻はその一人の働きぶりを褒め始めた。途端に吏華は話題を変えた。

「ゆうべ、おふたりは平和でいらっしゃいましたわね」

「何のこと？　夫婦げんかなんか、最近はあまりしないわよ」

「ものものしい気配がなかったということ」

ぼくは起き直った。

「お前は先生夫婦のセックスについて、興味を持っているということだな？」

吏華は顔をあからめた。顔をあからめたことでぼくはさらにいきりたった。

「真弓ちゃんのかいがいしさが、何で急に夫婦の平和につながるんだよ」

吏華はおびえて黙った。ぼくは妻をまたぎ越して吏華のパジャマの襟をつかんだ。

「頭が悪いくせに、助平にばかりなりやがって」

口汚く言って顔を払うように殴った。

あわてて妻がとびついた。

「かばうんじゃない。こいつは毎晩陰険に二人の気配をうかがっていたというのだ。ろくなあいさつも割算もできないくせに、そういうことだけ達者に発達してきているのだ」

「でも、殴らなくとも……」

「お前にまかせておいた家庭教育で、何か実を結んだことがあるか。殴らなければこんな浮浪児は直りゃしない」

もう一度殴った。

妻はもう黙って吏華に抱きついて、芋虫のような楯になるばかりであった。

床にもどると、ぼくは家庭教育もぼくの方針に従うべきことを二人に宣告した。
一、吏華は教材室にひとりで寝ること

二、蒲団の上げ下しは自分でやること
三、食器の後始末をすること
四、ぼくに対しては敬語を使い、挨拶を忘れぬこと
五、自分の下着、ソックスは自分で洗うこと
「そんなに急に……」

「これを守れないようなら、ここに置かない。目ざわりだ」

この地方の子は、五年生にもなればだれでもがやっていることだった。百姓生れのぼくもそうであった。吏華だけが安穏に怠け続けていいというものではない。

「せめて一つぐらいずつやらせたら？」

「お前も百姓や漁師の暮しがわからないんだよ！」

と妻をどなりつけた。妻は県都の小さな雑貨屋で生れている。

「漁師や百姓以外は、世の中、みんな浮わついていやがる」

言いながら、少々自分は興奮しているが、これはふだんの実感だ、と思っていた。

六

とうとうあなたは本心をお現わしになりました。たしかに吏華はからだが未熟なわりにはおませで、その上男とみると分校先輩の中学生にでも客のだれかれにでも節度なくまとわりつき、それは、女という生き物に何の制約も与えずに自然のまま放っておくと、十歳でさえこのようにおぞましく好色になるものかと思われるほどあさましくすり寄っていくものですから、若い男の来客があるたびに、寒気だつような羞恥をおさえながらたしなめておりました。もちろんあなたがおっしゃるように、わたしなどの言うことをきく吏華ではありませんから、たしなめたところで、そう、と、ふっと気づまりな顔をしてみせるだけで、まるでからだの底からの強力な磁力にひきずられるといった工合に男により添っていくのをやめませんでしたから、女の子をひきとれば、早いにせよ遅いにせよいずれはこのようなことで気持がわずらわされるのは当然のことなのだと、たしなめるたびに気が重くなり、あなたはこのようなことを予測した上でお引き受けになったのか、いや、単なる気まぐれと教師的ヒロイズムで衝動的になさったのだから、きっと想像もしていなかったのだろう、気を病まなければならないのはわたしだけだと、あなたを怨ずるような気持でいたところへ、あのような暴力が突発いたしました。無差別、がなくても世のなかの不合理は許せないというほど厳格にこだわるあなたからは全く予想もされないことで、もし、ほかの子どもがあのような言い方をしたら、性教育のチャンス到来とばかりに、柔和だけれど謹厳な表情を作って、性の原理とか夫婦愛の崇高さについて、ほとんどおとなのわたしまでがあらためて納得するようなすぐれた指導をなさったに違いないのに、相手が吏華なものだから憎しみをこめたこぶしがとび、過酷な生活上の規制がその付録になったのです。

　そして付録は、いいえ、それがあなたのわたしへの実感なのでしょうが、遂にはわたしになじむことができず、わたしの愚かさを許容できないあなたの宣言――百姓に非ざれば人に非ず――に及んだのです。あなたが吏華を浮浪児と決めつけたときから、あ、とわたしは胸を突かれた思いでおりました。結婚当初から、あなたは堂々たる教育論を展開なさるわりにわたしに対してはひどくみみっちく人間くさいところがあり、食後に器物を飯台においたままお喋りをするのはだらしのない家庭だとか、下着をろくに刺しもせずに雑巾におろす習慣は性的なふしだらを羞じない気風から生れるとか、食事どきの来訪者に飯を出さないのは吝《けち》な商人根性だとか、貧乏百姓の悽惨な苦しみのわからない奴に人間教育はできないとか、そういうふうなことばで零細な雑貨屋生れのわたしを否定しながら、少しずつ夫婦の隙間をひろげて来たように思います。

　二十年間の夫婦生活の間にはさまざまなことがあって、あなたの生家における位置とか絆とか、教師としての体面とか都合とか、ときにはあなたとわたしの感傷とか計算とか、そのようなものがいつも作用して離婚ということにもならずに今まで来ていて、そのような惰性的安定といったものでわたしたち二人の家庭は持ってきたように思うのですが、吏華という媒体をとおしてあなたの日常の本心が爆発的にさらけ出されると、わたしもあらためて二十年間の抑制によるバランスというものを考えてみなければならなくなります。抑止も我慢も忍耐も、あなたがいつもおっしゃるように結局は三つ子の魂百までで生来の性格を変えることができず、従って育ちの違うもの同士は所詮《しょせん》なじみ合うことができないのだとすれば、一升買いの小市民的な家庭育ちのわたしは、百姓ごのみの偏狭なあなたに許容され、愛される望みはなくなります。

吏華は、あのことがあって以来、不必要に長くお風呂に浸っているようになって、もう本能的にあなたをおそれ、あなたといっしょにいる時間を少なくするように図っているようです。あなたが外出なさるとさものんびりしたような気配をみせ、それこそ家庭教育も何もありません、ここに来た当初よりも放恣になって、だらしなく寝そべったり、おやつを食べ散らしたり、わたしを下女のようにあごで使ったりします。注意しても直すつもりなぞ全くないのですから、わたしも繰返してはもう言わなくなりました。疲れるだけです。緊張感でばかり生活を通すことができないという点では、わたしも吏華も同じ穴の貉《むじな》ということなのかも知れません。

ただ、よくあなたがおっしゃる真実めいたものは、風呂の中で言うようになりました。あなたがわたしに隠していらっしゃる出生の秘密も育ちの秘密も放浪のいきさつもです。ごく淡々と話すものですから、あなたがことごとく押し隠さなければならないような陰湿な秘密とは思えず、昔からよくあった人間の愛欲模様の極小部分が、小さな吏華のからだを借りて息づいているだけという感じがしました。それよりも、不安もためらいもなく文字どおり裸になってわたしに寄りかかっている吏華がいじらしく可憐に思えてくることの方がわたしには重大でした。いきさつを知るにつけ、あなたのおっしゃる学力の日進月歩を考えるにつけ、不幸をさりげなく受け流している感じの裸の吏華は、それこそお嫁にやるまでじっくり育ててやらなければならないのではないかと思うようになっているのです。

　でも、だめですね。あなたはもうすっかり吏華が嫌いになって、その感覚的な嫌悪感はそばにいてありありです。わたしにしても熱っぽくしつこくなりまさってゆく吏華の男の子への執着をみせつけられると、うっとうしくわずらわしくなるので、ぜひわたしたちの手元で育てようというまでに心構えが固まるということではないのですが、あなたのようにすぐにでも放り出してしまいたい気魄をこめた嫌悪感となると、酷薄にすぎて南部鉄瓶すぎて、ちょっと世間にも恥ずかしいのじゃないでしょうか。

　その上、あなたは吏華にさらに五項目の桎梏《しっこく》をお加えになった。

一、女先生、つまりわたしにも敬語、挨拶を心がけること

二、出された食事に文句を言わないこと
三、玄関のほか、寝間（教材室）も掃除すること
四、夜九時になったら、どんなことがあっても寝ること
五、男先生の許可のないときはテレビを見ないこと
ほんとうに家庭教育ですか？　母親に敬語を使う家庭が今どきあるかと言えば、あんたおかあさんじゃないでしょ、とまで侮辱されてなお母親ごっこがやりたいのかと反撃されますから言いませんが、あなたが慈《いつくし》んでいらっしゃる僻村の漁民の子どもたちだって、夜おそくまで遊び呆けたり、親にさからって好きな流行歌手のテレビのヴォリュームをあげたりしています。そんなでたらめさがありながらいつしか家庭の倫理めいたものを身につけてゆくのが、子どもたちの家庭の中での成長だとわたしは思うのですが、あなたにとっては一項目一項目が完璧に履行されない限り教育にならない、教育は意図的に行なわれる子どもの変革だというのですから、正論、なかなかおみごとというしかありません。ただ、わたしには、このごろのあなたの正論が、自分の感情をおし隠すための詭弁《きべん》にしかみえなくなりました。吏華の人間的成長を促すためという都合十カ条の遵守《じゅんしゅ》事項も、継子いびりの十カ条としか思えなくなったのです。

星沢老人も、あなたにそういう気配を感じ始めたのではないでしょうか、この間の土曜日に分校をふらりと訪問されて、わたしたち家族がみんな揃っているところで、いつになく、

「どうだい、リリ。猫っかわいがりに娘みたいに可愛がられているんだろ」

と言われました。吏華は即座に、

「毎日どなられている」

とこともなげにこたえました。

ふむ、と老画家はうなずいて顔をゆがめ、あなたはずいぶん曖昧な表情で視線を散らしながら、一応周囲への適応は必要ですからね、きびしくやっています、と申されました。そして、吏華をひきうけたときのことばとの辻褄を合わせようとなさるのか、

「きびしくやっても、自由な吏華さんの気性には影響ありません」

とつけ加えました。わたしには、あなたが自分で自分の酷薄さと矛盾に気づいて、それを隠蔽しようと心がけているようにしかみえません。吏華は吏華で、吏華さんなんて、このところ、ちょっと珍しいわね、などと毒づいて平然と漫画を見ている。漫画を見るのも禁じられているのに、やはり老画家がくると自然のうちにもとの雰囲気になってしまうのか、あなたの拳固がとんでこないと見くびるのか、小生意気な少女に返ってしまうのでした。ふだんはこわくて小さくなっているのに過ぎないのを、教育の成果だなんておっしゃるのは、やはりあなたの強がりな独善でしかないのです。

ただ、このとき、吏華は思わず大きな過《あやま》ちを犯していました。ぐるぐる作文に老画家のこと

を悪しざまに書くようになり、もう、ほとほと老人との放浪生活がいやになって、風呂に入ると、どんなに男先生に叱られても、直してもらうんだからしかたがない、ここの分校ほど安心して暮せるところは今までなかった、一生ここに置いてね、と言うようになっていて、あなたさえ我慢なされればそれが可能だ、というのに、老画家の前で、毎日どなられている、などと言ってしまったことです。

実はあなたにはまだ言っていないのですが、あなたより先に、画家は吏華をここに置くのに倦きているのでした。運動会で吏華がマラソンを完走したと言ってあなたが喜ばれたころのことで、何かの用でわたしたちは吏華に留守番をさせて町に下りて行ったことがありました。町であなたは学校時代の友人につかまってお酒を飲むことになり、わたしが車を運転して先に帰ると、校庭の真ん中に例の図体の大きい車がとまっており、老人は宿直室で吏華といっしょに西瓜を食べておりました。帰ったわたしをみると、世にも醜悪な渋面をつくり、

「リリがひとりぼっちにされたって言うんでね。見舞いに来てやった」

けわしい声でいうのです。吏華は勿論、お帰りなさいも言わぬ子でしたから、頭をふりたてて西瓜に噛みついています。わたしは思わず、すみません、と申しましたが、何とはなし、買って来た吏華へのお土産をさしだす気がなくなっています。

「いびりゃあすぐわかることだ。気をつけて下さい」

さいという押しつけがましい語尾が前からわたしは嫌いでした。雑誌の挿絵を描かなければならないとかでそのまま老画家は帰りましたが、それから老画家の吏華をとりもどすためのくぐもった策略が始まったのです。

リリはやんごとない生れの子だから辺鄙《へんぴ》な分校などに置くわけにはゆかないとか、先公夫婦は吝で借間の電気料をわしに払わせたとか、リリの養育費をうるさく請求されてかなわないとか、そんな嘘を町の人たちに宣伝し始めたのでした。

わたしは、いよいよあなたの気まぐれでどうにもならない厄介者を背負わされたものだと思うばかりでしたが、吏華が老画家のところに帰りたがらず、わたしになつくようになっていましたし、一方、あなたはあなたで吏華に厳しくなさるばかりで嫌いはじめているのがわかっていましたから、そのような事件も策動もあなたには知らせませんでした。

そろそろ、老画家は新しい行先を決めて吏華をひきとりに出るでしょう。あの年で、欲情的で突発的な愛しか知らない老画家は、毎日どなられているという吏華の証言をかさに、あなたの養育への非を鳴らしながら、威張ってやってくるに違いありません。そういう点で、辛くされていると思わせるような言質を与えた吏華は大きな過失を犯したのです。小生意気な放言から発したことですから自ら掘った墓穴とはいえ、かわいそうなことです。あなたは喜び勇んでこの小羊を渡すことでしょう。

「せっかくこれまでに伸びて来たのに！　しかし仕方がありません、血は何よりも濃いのですから。ただ、学籍だけはなくさないようにお願いします。そのための手続きは、どんなに煩瑣であっても、わたしがとってさしあげます！」

七

大罪を犯している、という気がする。いかに老耄れた画家が世迷い言を並べたとしてもだ。彼は彼なりに、人生の辻褄を合わせようとしているのに違いない。養育費も自分の家賃もぼくたちに払わせながら、町中にぼくたちへの悪口を言いふらし、そのことで正当に吏華を引き戻す理由を作り上げようとする気弱な陰湿さには、妻でなくとも腹がたつけれども、一方では、やはり老人の吏華への情熱を否定するところまで傲岸にも酷薄にもぼくはなれないのだ。

子どもや孫がかわいいというのは、どのような感触の感情であろうか。婆っ子は三百安い、と言われるほど、爺婆が孫を過保護にして意気地のない子をつくる例はずい分あって、教育者としてはそれなりの家庭教育に関する示唆もしてきたのだが、子どもをだめにするほど親密で破壊的な情熱を、ぼくは結局知らないのだ。

妻はぼくを吏華に対して無慈悲な他人に過ぎると言うようになった。はじめから他人なのだ。

醒めた教育者として、だから、ぼくほどうってつけの吏華の指導者はいない。爺孫は三百安いといわれるような子には、絶対ならないのだ。村の者から、吏華は見違えるほど行儀もことば遣いもよくなったと言われるようになっていることがそれを証明し、節度なく甘やかし続けた妻は、結局、何も教育をしないことになった。

そして、奇妙なことに、吏華を引き取ることに積極的でなかった妻が、老人の蒙昧《もうまい》を憎むあまり、なりふりかまわず吏華を抱きしめて、老人のもとには戻すまいという素振りをみせるようになり、老人の悲痛な心根は単細胞的な直截さで切り捨ててしまった。そうなってしまうと、吏華は、老人のもとにいるのも妻のもとにいるのも同様のことになることに、妻は気づこうとしない。子どもを変革させる観点を持つのではなくて、動物的な執着にしがみつくのだから。

身内の者の妄執から、それが教育的でないという理由で、教育者は子どもをとりあげていいのだろうか。人間についてそうまで傲岸になり得る特権が、教育という仕事に許されるのだろうか。

大罪を犯しているのではないかというおびえは誇張ではない。無礼な老画家の耄碌《もうろく》については、初めから承知してのことだから、腹はたっても尾を引くことではなかった。少なくとも、吏華よりはもちろん、ぼくらよりも長生きできない筈の老人の妄執を、それが我執だからといって無下に切り捨てていいかとなると自信がない。もし、それが臨終のきわの悲痛なねがいだったら、吏華をわがもの顔に養っているぼくらこそ、鬼の酷薄を犯していることになりそうである。

結局、さまざまないきさつはあったにせよ、ぼくにとっては、吏華に学籍を持たせることが一番の重要事だったのである。学籍さえあれば——またぞろ非常識な老画家と同居することになろうとも、吏華が無年生だった放浪時代よりは、救いがあるというものだ。

冬休みに、ぼくは爺孝行を理由に、渋る吏華をむりやり老画家のもとへやり、待っていたように老人は吏華を東京へ伴った。

もう帰って来ないだろうと妻は予想して涙を流したが、ぼくは、老人がリリと密着していたい願望を持ちながら預けっ放しにしてぼくらを誹謗《ひぼう》しているのは、感情に経済が伴わないからであり、放浪が独立独行の激しい意志か、物乞い的甘えを前提するとしたら、老画家は明らかに後者だから、吹っきれない形のままで、またぞろ押しつけてくるに違いないと読んでいた。

そのとおりであった。吏華は、勇躍という感じで、冬休み明けの昼ごろ、駅から十キロの雪道を歩いて帰って来た。そして、誇らしげにぼくの前に土産を並べた。

・オールドパーのミニ瓶
・日記帳
・勉強し終えた、三、四年生のワークブック四教科分

「毎日連れ歩かれて、勉強する時間をみつけるのに苦労したの。でも頑張りました。日記は書けなくて、あとで三日分まとめて書いたのもあります。ごめんなさい」

ぼくは仏頂面で日記帳を開きながら、ああ、と答え、ちら、と眼をあげると、妻は、五年生の少女が十キロもの雪道を歩かされるのはうちの子だけで、よその子だったらタクシーで来るに違いありませんよ、と心の中で言っているような顔をしていた。こんなに素直に言いつけを守るのなら、ぼくのスパルタ教育はたしかに過剰のそしりを免れないのかもしれない。

日記は呪詛《じゅそ》に満ちていた。作文力が飛躍的に伸びているだけに、老画家の吏華への執着が生々しく書きこめられている。事実を直視することを教えたぼくの教育は、みごとな開花を示して、吏華に老人の醜悪さを完膚なきまでに剔抉《てっけつ》させることになった。

老画家は、バスや電車の中で、吏華とからだを密着させたがった。その度に吏華は身を引いて離れ、それでもしつこくすり寄ってくると席を変えた。すると老人も立ち上がってそばにすわろうとし、吏華はからだを小さくして羞恥をこらえた。行く先々では教師の悪口、そして威張って御馳走になる。吏華は老人に対する感情を、うとましくて仕方がないと表現していた。ほとんど生理的といってよい嫌悪感である。

日記に対する評は、またぞろ、老人への思いやりが必要だ、ということにしかならないだろう。そう書かなければ、老人の末期的な足掻《あが》きを無視する非情冷酷な教師となってしまう。

日記の最後には、袖浜分校に帰るなら、わしと縁を切って行けと言われた、とあった。

「なのに、なぜ来たのだ」

「どうしても帰りたかったの。悪かったですか?」

「悪いということはないが……」

「縁を切られても構わないって言ったら、おじいちゃん、黙って切符買ってくれたの」

「やさしいんだな」

実は愚図で不消化でずるいだけなのだ。

「それに引きかえ、お前には血も涙もない」

「え?」

吏華はほんとうに驚いていた。

「星沢先生は加減がお悪いって、日記のどこかに書いてあったが……」

「はい、冬休み中二度ほど倒れて、今はK大付属病院に入院しています」

「それを見捨てて来たわけだ、冷酷に」

「だって、わたしにだって勉強したいっていう意志があります」

「住む場所を決めるのは、子どもの意志ではない、おとなの意志だ」

「無理だわ」

と妻が中に入った。

「第一、ワークをやり終えてすすんで日記を書くようになったら、かわいがってやる約束だったじゃありませんか。なのにウィスキーのお礼も言わずにそんな……」

吏華は眼をつり上げた白い顔になっていた。

一週間後、K大付属病院から吏華宛に電報があった。病状が悪化したので見舞いに来るようにというのであった。吏華は、おじいちゃんが打たせたに違いないわ、うそに決っている、と言って行こうとしなかった。ぼくは、あわれな嘘をつきながら、病室で口をへの字に結んでじれている老画家の表情を思いうかべた。老人の内部では、一応は学校に入れて置かねばならぬという思惑と、リリを自分のそばにおきたいという欲望が、不消化に相剋《そうこく》しているのに違いなかった。

電報を放って置くと、それきり音沙汰はなくなった。

吏華は友人と、毎日校門の前の雪の坂道を上っては、ビニールの肥料袋にまたがって滑り降りる遊びに熱中していた。しかし、四時になるときちんと帰って宿題をやり、夕食時には食事の仕度を手伝った。ぼくに来客があると挨拶をして一人職員室にこもって読書をし、九時になると就寝する。妻が過酷だといった十カ条はほとんど完璧に守られるようになり、哀れを催さないではなかったが、ぼくはこれでいいのだと強いて思った。

結局、怺《こら》え性《しよう》のない人間がどたばたして世の中の空気をみだしているのだ、という考えがある。画一教育からはみ出すようなヴァイタリティとか、平均的教育にあきたりない才能とかが飛躍を試みるのは自由だが、しかし、そうであったとして幸福がつかみとれるという保証はない。星沢老人が好見本である。好きなことを好きなように押し通してきて、仕事も一応世間の評価にたえるレベルのものをやってきたのだが、今は侘《わ》びしく物乞い的な生活をしながら、妄執の葛藤の中にいるのだ。

自分を押し殺す抑止力だけが平安な生命を保証するもののようである。公教育などというものは、そのような平安をめざして平均的社会人を育てるしかないのかもしれぬ。

吏華の場合は殊更だ。だから、この分校にいたいための必死の努力で、あるいはぼくの拳固がこわいために、十カ条を几帳面に遵守したところで、ぼくは仏頂面を柔げてはいけないのである。せめてぼくが障害物となって彼女の欲求を阻止しない限り、吏華はまたぞろ無作法で、小生意気な少女に逆戻りするに違いないのだ。

その方針で三月まで通した。

「あなたの教育論も、老化しちゃいましたのね。尤《もつと》も吏華の教育だけに関してですけれど」

学年末が近くなったころ、妻が言った。あらためて見ると、妻はこの九カ月ほどの間に随分人相が変わって、その上老《ふ》けたようであった。

「吏華ではお前にも苦労をかけたな」

「いいえ」

と切り口上に妻は言った。

「今じゃそんなに疲れる子じゃありません」

「しかし、顔色が不健康に黝《くろず》んできた」

いたわるつもりで言った。

「あなたに疲れました」

「なに？」

「あなたの人間にです」

「……」

今更ぼくの人間が云々されたところでどうなるものでもないと、ぼくは妻の真意が測りかねた。

「一度、はっきり別れようと思ったんです」

「ぼくとか？」

吏華とならこんなことばは使わない。妻はうなずきながら、

「こわかったんです」

「何が」

「吏華を見る眼が。吏華を折檻なさるとき、殺人はこういう風にして行なわれるのかも知れない、ほんとうにそう思いました」

「……」

「人を殺しかねないあなたの正体のようなものが、吏華を間においたらあらわにわかってきて、こわくなったんです」

「別れるべきだったな」

ぼくは冷えた声を出した。

このような妻の愚鈍だけが契機ではなかったが、夫婦別れ直前の争いを、この二十年間随分と繰返しては、不消化に妥協し続けてきたと思う。生来、一体化できるはずのない人間同士が、別れもせずに何年間かを暮すとしたら、それは妥協による以外ないのだから、それはそれで仕方ないが、吏華の介在によって、ぼくの、というよりは、ぼくらの結びつきの実態が洗い出されたから別れるなどということであったら、結婚という行為もあらためて、空しく軽いものだ。

わずらわしくなって、もう一度、

「別れたっていいんだよ」

と言った。吏華のための別れ話かと、ふと滑稽だった。

「そう思ったことがあったというだけです」

「事態は変わっちゃいないだろう」

「あなた、吏華を返すおつもりでしょう」

「当り前だ。ある教育期間を受け持っただけなのだ」

「そうなさる方がいいわ、いつ？」

「いつになるか……。老画家の出よう次第だな」

「早い方がいいんじゃないかしら？　わたし、疲れる」

いつの間にか、妻の方が早く切りをつけようという気になっている。

「今度の春休みがいい機会だと思うわ」

「かわいそうではないのか」

「わたしたちの子じゃないんですもの。それに、あなたの薫陶で、吏華も、もうどこの学校へ行ってもやって行けます」

妻のことばには皮肉があるはずだが、吏華がよその学校に行っても普通に過せるようになったという判断はたしかだった。

老画家の出ようといってもこれ以上変わりようはないし、理屈はどうであれ、ぼくは妻の芯からの疲れがわかるように思った。やっぱり、そう、春休みには返そう。

「九カ月ぶりね、水入らずになれるわ」

張りのない荒涼たる水入らずか、とぼくは思った。二人っきりの侘びしさに堪え切れなくて、ぼくは吏華に飛びついたのかもしれなかった。

「二人っきりが一番いいの」

妻は乾いた眼のまま言った。

八

駅前の小さなビルの二階にあるレストランで、夫はシャリアピンステーキをとり、食べろよ、とぶっきらぼうに申しました。すでに涙をためている吏華は、ちら、と上眼づかいに夫を見てから、はい、とこたえましたが、ナイフ、フォークには手を出さず、

「先生、どうしても行かなくちゃいけませんか」

と聞きました。夫は、何を今さら、というような顔を上げて吏華を睨み、すぐその視線をわたしにうつして、

「納得させた筈ではなかったのか」

あたりをはばかった声ながら、わたしへの非難をあからさまにして言いました。

「話はしましたけれど……」

納得させたという自信はもちろんありません。

三月に入ると、老画家からはひっきりなしに電話やはがきが入り、それは、リリが側にいないと狂いそうだ、とか、絵が全く描けない、とか、人の娘をかどわかしゃがって、とかいう内容のものばかりで、遂に夫は、もうお声は聞きません！　と怒鳴って送受器を乱暴に置き、電話機の耳をこわしてしまったほどでした。以後、老画家の電話にはわたしも出ないようにしたので、不承不承吏華だけが応対するようになりましたが、その吏華は、さもおぞましいような顔つきで、送受器を耳にあてたまま黙って突っ立っているだけですから、病床の老画家はかえって苛立つだけだったに違いありません。葉書の文字もしだいに乱れて判読しかねるほどになり、夫は、もはや錯乱状態だ、修了式が済んだら、その日のうちにでも帰さなければならない、それまでに吏華に得心をさせなければ、と申しました。

しかし、夫が因果を含めようとしても、吏華は夫のことばが終わらないうちに、

「行きません」

とこたえます。

「よほど弱っていらっしゃるのだ。星沢先生にはお前が必要なのだ」

と諭しても、

「でも行きたくありません」

決して応じようとはしないのです。

「いつ危篤状態になるか知れないのだぞ」

「いいんです。おじいちゃんなんか早く死んじゃった方がいいのです」

「人の死を願うような奴か、お前は」

「そうじゃありません。おじいちゃんはあたしを必要でも、あたしはいらないんです」

「肉親なんだぞ、心がないのか！」

怒鳴られると吏華は黙りますが、しかし、もうかたくなに白っぽい表情になり、夫の説諭に心を開こうとなど、いっかないたしません。

このようなやりとりが続いた挙句、夫はとうとう、納得させるのはお前の任務だ、ずっと甘やかしてきたお前の方がより親密に説得できるはずだと、いつものように都合の悪い役割はわたしに押しつけてしまったのでした。

二人っきりになって話ができるという場所は、わたしたちにはお風呂場しかありませんから、くろずんで縁《ふち》のもろくなっている木の湯槽の中で、わたしは、もう諦めなさい、と言いました。

「男先生は意思を決めてしまったら変えない人なの。あんたはここにいちゃいけないわ」

「だって、あたし、ここが一番いいの。どうしてもだめ？」

「星沢先生はお見舞いして上げるべきだとわたしも思うわ」

「お見舞いしたら帰ってくる。いいでしょ?」

「付き添ってあげないの?」

「いや」

吏華はこのようなとき、実にきっぱりと言い切ります。吏華の老画家への感情は、ほとんど憎しみになっているようでしたから、拒絶はことさらに直截でした。

「電話がかかってくると、このごろ鼻先に匂いが来ちゃうの。にんにくとピックルスとチーズがまじったような、いやあなおじいちゃんの匂い。もう、おじいちゃんとは絶対くらさないわ」

「おかあさんのところへ行ったら?」

「………」

吏華は、母親とのことについては、少し迷うようでした。老画家が達者なうちは、母親と吏華とを逢わせるようなことをしたら、すべてぶちこわしにされる恐れがありましたから、夫もわたしも母親との連絡は一切禁じていたのですが、吏華はひそかに老画家のメモからでも写しとったらしく、母親の電話番号を知っているのでした。

「逢ってもかまわないの?」

すこし気のないような声でした。

「こんどは逢ってもいいと思うわ」

「だったらそうする。おじいちゃんのとこよりはいいかも知れないから」

「いいはずよ、七年間もじっと待っていらっしゃるんだもの」

「でも、戻ってくるわ。いいでしょ？」

安堵《あんど》も束の間でした。吏華には、もう分校に住みつくことしか念頭にないのです。

「おかあさんがお許しにならないわ」

「許したら？」

「許すはずがないわ」

「許したらいいでしょ？」

「そのようなことがあったらね」

「嬉しい！」

わたしに武者ぶりつくように抱きついて、

「おかあさんと一緒にお願いにくるわね。そのときは応援してね！」

生あたたかく息を吹きかけながら言いました。そして、それまでは自分のからだをだらしなくあずけて洗わせるだけだったのに、タオルに石鹸を塗るとせっせとわたしの背中をこすりました。

そのようなことにしかならないでしまったのですから、説得した、などということにはとてもなりません、このたびの別れの午餐《ごさん》にしても、吏華は小さな壮行会のようなものに思いたがっているに違いないのです。携えた荷物も衣類と学用品だけで、蒲団も机も分校に置いたままにする、と、そのようなことには一切かかわらない夫の無精をいいことに、決してわたしに荷づくりをさせようとはしなかったのでした。

「食べなさい」

と、もう一度夫は申しました。二人とも、叱られでもしたようにナイフとフォークをとりはしましたが、いかに夫が張りこんだつもりの御馳走でも、重い心の食事がおいしいはずはありません。肉も焼き方が少しかたいようで、いつもの味がしませんでした。吏華はフォークは持ったものの相変わらず手をつけかねたまま、

「おじいちゃんが死んだら、帰って来ていいでしょ？」

と、夫に縋《すが》るような眼つきで言いました。

「だめだ」

にべもなく言って、夫はステーキを口に運びます。

「星沢先生が亡くなられたら、身内がいらっしゃるだろう」

「おじいちゃんの身内？」

「……」

「おかあさんの身内？」

「……」

「身内が帰っていいと言ったら、来ていいでしょ？」

「言うはずがあるか」

「おかあさんと一緒にだったらどう？　おかあさんがお願いしますって言ったら？」

ふだんなら、このようにしつこく畳みかけたらすでに殴られているのですが、吏華はそのようなことは意に介していないようで、今生《こんじょう》の瀬戸際とばかり、ほとんどからだを乗り出すようにして夫をみつめるのでした。

「おかあさんが、そんなことを言うか」

「もし、言ったら？」

夫は吏華を見直しました。そして、声を落し、ことさらにゆっくりした語調で言いました。

「言うはずは、ない」

このように、ふいに物静かな言い方になると、直後には兇暴な拳固がとぶのです。しかし人目がありました。夫は押し殺した声で、

「まだ、お前はそのようなことを考えていたのだな」

険しい眼つきになっています。吏華は気圧《けお》されてだまってしまいました。口をきつく結び、夫をみつめて顔を紅潮させたまま、どっと涙を溢れさせました。

わたしたちの異様な雰囲気に気づき、周囲の客たちが時折視線を投げてよこしているのがわかりましたけれど、わたしも吏華といっしょに声をこらえるのがやっとでした。

やがて、夫は胸のポケットから一枚のハトロン封筒を取り出して吏華の前に置きました。

「これを、入ることになりそうな学校へ持って行きなさい。大丈夫、どこにでも転校できるように、書いてある」

夫は不気味なほど無表情になっていました。

乾いた風が殺風景に吹き荒れる海辺の始発駅から、吏華は発って行きました。大好物のシャリアピンステーキには、とうとう手をつけずじまいでした。刺すような空っ風と鉛色の海のうねりの向うに列車が消え、ああ、終わった、とわたしは思いました。

分校に戻ると、風の当たらない日向で昼寝をしていた猫のトンコが、ゆっくり伸びをして迎えました。わたしは、車を降りしな、これからは、どんなに気に入った子が来ても、引き取るなんて思わないでね、と申しましたが、乱暴にドアを開閉した夫には聞えなかったようです。

職員室に入ると、夫は抱いた猫を出窓に置き、黒板の在籍表を濡れた布巾でこすり始めました。そして言いました。

「過疎分校じゃあ一人の転出も大きいな」

わたしは窓際にすわり、ぼんやりと猫のからだをなでました。気づくと、トンコは脇腹の白い毛を、少し焦がしているのでした。

第二章

一

新学期が始まった。袖浜分校は今年は入学生がなかった。高台の校庭の端に立って、ぼくはただ一人の同僚である妻と一緒に、入学式のない新学期を迎えた子どもたちの下校を見送った。久しぶりの学校に子どもたちははしゃいでおり、特に低学年は小鳥がさえずるように何かを喋っては甲高い笑声をあげ、高学年にまつわりついたり、追いかけっこをしたりしてにぎやかだったが、吏華が去った上、八人の卒業生を送り出して、二十人から十一人に激減した分校児童の群れは、この三月までの下校風景から見ると、ずいぶん小ぢんまりしていた。

せまい道をはさんだ田圃は、すぐに白っぽく枯れた芒《すすき》の土堤にせかれ、その先は小さな流れをはさんで切りたった赤土の崖になっていて、そのまま雑木山に続いた。まだらに雪を残している山は、三百メートルほど下方の土橋の辺りになだれ、山が切れたその向こうに、遠く海がのぞかれた。

後になり先になりして走って行った子どもたちは、土橋のところでそれぞれが気儘に腰をおろした。そこでこれからの遊びの計画をたてたり、宿題のことをたしかめたりしてから、思い思いに家路につく習慣であった。新学期のせいか、子どもたちは長い時間そこから動こうとしなかった。

逆方向の山あいに帰る二、三人がこちらに戻り始めたとき、ぼくも踵《きびす》を返しながら、ふと妻が眼鏡の奥の涙をさりげなく隠すのを見た。はじけるような子どもたちの群れの中に、吏華の姿のないことを淋しがっているのに違いなかった。

ストーブを取り去ったために、にわかに広く感じられる職員室に戻って、分校だよりの原紙を切り終えてみると、入学生のない今年の学期初めは、何か手持無沙汰であった。ぼくは部屋続きの宿直室に入って、ガン・ロッカーから銃を取り出した。雪に埋もれることのある学校というのは、沿岸部ではここだけだといっても、四月になってまで山蔭に雪が残るのは珍しかった。それだけに、分校から二、三キロ奥の造林地では、つい二、三日前まで、有害鳥獣駆除という名目の兎撃ちができた。しかし、もう、銃は手入れをしてしまいこまなければならない。

黒ずんだ撃鉄にオイルをなぞる仕事を手伝いながら、妻は、ぼくへの気兼ねがわかる口調で言った。

「吏華は、向こうの学校の始業式に間に合ったでしょうか」

「間に合ったさ、それぐらいの目はしは利く子だ」

ぼくはできるだけ素っ気なくこたえた。

「誰も付き添わなくともですか?」

怨みがましい思いが、そのことばにはこもっている、とぼくは思った。

「単身で先方に行っても受け入れてもらえるように、事情を説明した手紙は持たせたろう。どこの学校へ行ったとしても仮入学の形で、始業式には出ることができた筈だ」

自分もわかっているくせに、蒸し返す必要などないのである。吏華のことになると、妻は教師ではなくて、しつこい凡庸な女になってしまう。

丹念に銃の部品を拭きながら、妻は、

「あなたのなさることに間違いはないと思いますけど……」

と言った。どこに行っても学籍は大丈夫なように手を打ってあるということへの皮肉に違いなかった。

「だったら、黙って成行きを待っていればいい」

ぼくは銃身の中をのぞいた。磨かれた内部は鏡面のようにつややかに光っていた。その冷たい輝きに見入っていると、気持があらたまるように落ち着くのが常であった。しかし、手伝っているつもりの妻がそれを邪魔していた。

「ほんとに吏華の身になって考えていらっしゃるんですか」

妻はいつにないしつこさで、口答えじみたことを言った。

たしかに吏華を送り出してから二週間がたっている。その間吏華からも母親からも、学校からも連絡がなかった。

「こちらから連絡しなくていいのかしら」

妻はいつまでも思いから抜け切れないように言った。

「どこに連絡の仕様がある。もう後をひくのはよせ。少々のブランクがあったとしても、吏華は必ずどっかの学校には入れる。その上、実母とも暮せるかも知れない。俺たちの役目は終ったのだ」

妻の感情を断ち切るように言って、手入れを終えた銃をガン・ロッカーに格納していたとき、校庭の南側の急坂を、スロットルをふかして登る爆音が聞えた。郵便屋さんだ、と妻は立ち上がった。そして、窓口で待ち構えて、新聞、雑誌、私信、公文書などが一まとめにくくられた郵便物を受け取った。そして、玄関わきに据えつけてある郵便ポストを、配達夫が音をさせながら開閉するのを待ち、ごくろうさまでした、と声をかけて送った。そうしながら郵便物をせわしくえり分けていた妻は、

「来たわ、吏華のおかあさんから」

と、抜き出した一通の封書をぼくに差し出した。

「お前宛じゃないか」

戻そうとすると、いいの、あなたが読んで、と妻は臆病そうな表情になっていた。

二

吏華を老人のもとに帰すときから、わたしには予感がありました。夫は自惚れだと言いますが、吏華のことばでなくとも袖浜分校は吏華にとって最高の安息の場所、ここ以外では、やはり吏華は白いつり上がった眼の孤児になって無責任な他人たちにもてあそばれ、ますますいきりたって滑稽に強がりながら自分をそこなってゆく筈です。たとえ母親のところへ行ったにせよ、どうせ無頼で放縦で情欲的な老画家と交渉するような人なのですから、わたしのように呑気に甘やかしもできないでしょうし、夫のように冷淡に過酷な教育をほどこす筈もありません。きっと投げやりで自分本位な生活を変えようともしないまま、自分とは切れた老画家好みに仕立てられてしまった我が子を憎みながら、辛うじて食わせてやるていどのものに違いないのですから、口をきつく結んで嗚咽《おえつ》をこらえながら駅を発った吏華を思い出すたびに、どんな生活を送っているのかと案じられ、彼女の将来の不幸の予感のようなものが、胸の中を黒いこうもりがひらめくように去来していたのでした。

三月二十二日に吏華が発って、始業式の四月六日まで、もう二週間もたっているのに何の音沙汰もないとなると、風呂の中でさりげなくわたしの乳房に頬を寄せたり、舌で乳房に触ったりしていた甘ったれの吏華が、歓迎されない肉親の前で孤独に空しい思いを嚙んでいる姿ばかりが浮かんでいよいよやりきれなくなり、吏華の母親からの遅い手紙が来たときには、何やら空恐ろしく自分で開封する勇気がなくなっていました。

予感はあたっていました。

長い間逢わないでいた子ですから、逢って嬉しくないとは申しませんが、実のところ戸惑っています。風の便りにやさしい教師夫婦に拾われたと聞いて、吏華もどうやら人間らしい生き方がさせてもらえると喜んでいた矢先、突然、星沢を見舞ったらおかあさんのもとへ帰れと言われてきたというので驚いてしまいました、そして咄嗟《とっさ》にこれには何かもっと別の理由があるに違いないと思ったのです。たとえどのようなことを吏華が仕出かしたとしても、どうかその事実を教えていただきたい、決してとりみだしはしないから、というような文面で、礼より先に疑問をぶっつけてくる不躾《ぶしつけ》で攻撃的な調子に、わたしは呆けたようになってしまいました。

吏華は、わたしが着物を縫ってやったりすると、お礼も言わずに、わあ、きれい、似合うかしら、と言ってすぐに肩に羽織り、どたばたと頭に響く足音をたてて廊下を走って、まずしい服装をしている分校の子たちに見せびらかしに行ったもので、そのたびにわたしは、せめて男先生に礼を言いなさい、あんたの生活はすべて男先生のお蔭なのよ、と言うと、何さ、恩着せがましいこと言わないで、恩の押し売りほどさもしいことはないって、おじいちゃん言ってたわよ、というような子でした。その無礼さには腹がたっても、何度もそれを繰返されると、何がなし、お礼を言わせる躾が不徹底なものになってしまったいきさつがあって、そのためか、吏華の母親にもお礼は言ってもらわなくていいと、くぐもった気持が底に流れてはおりました。けれどこのように初めての便りが詰問調のものだとなると、腹がたつよりも情けなくて、ちょうど幼いときに、体力も知力もすでにわたしよりすぐれていた妹に、大事にしていた雪下駄の爪皮についた兎の毛の飾りをむしられたときのように、その自信に満ちた勢いに抗し切れなくて、不甲斐ない涙を流しました。

「何だ、やはり自分が育てればよかったと、自惚れの涙か」

夫は苦々しげに言います。

「いいえ……」

ことばでは説明ができそうにもありませんでした。

「もう、返事など出す必要はないな」

「我々のつき合い切れる女性ではない」

「……」

吏華はどうなるのですか、と聞き返そうとしましたが、やはり、自惚れるな、と決めつけられるのがわかっていましたから言いません。

夫は吏華を帰してから、いかにもせいせいしたようで、毎日至極機嫌がいいようでした。もっとも四六時中にこにこしているというのではなく、わたしに対しては相変わらず寡黙で、年度末の仕事である新年度教育計画についてもあまり相談せず、夜も甘い雰囲気を作るというのでもないのですが、どこか吹っきれたようにさばさばしていて、春休み中、たまに出かける兎撃ちのときなど、子どもが遠足に行くときのように楽しげでした。吏華の行く末が案じられないのかと、ますます夫のわり切った冷酷さがおそろしくなるのですが、夫はおさまるべき鞘におさまったのだ、肉親のもとにしか家庭生活はないのだと、かたくなな持論の上にあぐらをかいて平気です。

今度の手紙で、吏華の母親の、あまり子どもの教育にはふさわしくないと思われる性格の輪廓がわかってしまっても、あさましい人間のあさましい葛藤につき合う必要はないと切り捨て、もう返事を出す必要がないと言います。吏華をとりまくすべてのものには、もう全く関わりあいがないというふうでした。

至極単純明快でおさまりのいいやりかたですが、わたしにはどうも気になります。あたたかさというものが周囲に全くない空間に放り出された吏華は、どのようにして、夫のいう、思いやりのある人間になれるというのでしょうか。

その上、手紙には、真の理由が知りたい、という詰問のあと、すぐにわたしが引き取れるというものでもありませんし、吏華は星沢のところへは帰る気がないと申しますので、とりあえず知人の小野寺という魚商のところに預けてあります、とあるのです。吏華の一番嫌いな言い回しが、またぞろ始まっている模様でした。

吏華は、この分校に来た当初、東北地方をまわって歩いたといっても、どの辺だったの？と聞くと、それ、言わなくちゃいけないの？と逆に突慳貪《つっけんどん》ににらみ返して来るので、わたしなどは気をのまれたように聞き返せないでいたものでしたが、なつくようになってから聞きだすと、沿岸部、山間部、都市部などの具体的地名をあげながら、居候先が都合五十数カ所にものぼることをうちあけ、でも、たらい回しはもういや、いつまでもここに置いてね、と、すぐつけ加えたのでした。

老画家はいつも吏華をべったりと引き寄せっきりにしていた、というのでもなくて、やんちゃで小うるさい少女がときには邪魔になり、少しでも吏華に関心を示した者や、遊びに来るようにお世辞を言ったりした者のところへ、たとえそれが北海道であろうが、遠い中部地方の県であろうが、飛行機や汽車のひとり旅をさせて泊りにやっていたようです。あのように礼儀知らずで口が悪くて食い意地の張っている子は、一日で倦きられるのが当然ですから、すぐに戻されるか、本の貸し借りに又貸しというのがあるように、縁もゆかりもない隣家に又まわしされたりして、まったくおちつくことのない生活が日常だったようで、わずか九ヵ月とはいえ、袖浜分校ほど定着した生活の場所はなかった模様なのです。だからこそ、たらい回しはもういや、と言って、分校からよそにまわされるのを、追いまわされる野兎のように臆病におそれていたのでしたが、夫は身内のところ以外に子どものおちつき場所があるか、と渋る吏華を強引に帰したのでした。

　しかし、その母親がひどく無造作にわが子をたらい回しにしました。吏華を帰すについては、夫の吏華への酷薄な仕打ちに疲れたわたしの方が、耐え切れずに先に切り出してしまったといういきさつもあり、わたしにも何がしかの責任があるとはいえ、吏華への嫌悪感を教育のためと言い繕って、放逐の主役となった夫は、このことについて、どうおさまりをつけるというのでしょうか。返事は書かないと言います。

「肉親のもとに返す筈だったでしょう?」

　手紙と一緒に配達された遅い朝刊を読み出していた夫に、わたしは言いました。

「母親がこういう風であるとは、全く想像しなかった」

夫はいまいましそうです。

「放っておいていいのかしら」

「しかし、本当の理由が聞きたいといっても、何もないだろう。老人のお見舞いと、母親との邂逅《かいこう》をねがって帰してやった。それだけだ」

だからと言って、放置してよいというものではないでしょう。身内との生活が絶対必要だという持論を持っているのなら、教育者として、元の担任として、もっと筋を通すべきです。

「一度だけは、母親を説得した方がいいと思うわ」

夫はしばらく思いをまとめるようにむつかしい顔をしていましたが、

「手紙をやったところで、娘を引き取り直しはしないだろうが……」

つぶやくように言いながら、そばの机から便箋と万年筆を取り出すと、物わかりの悪い子どもに苛立ちながら授業しているときの板書のような、乱暴な字で書き出しました。

……どんな親でも親は親、親のそばで暮すなら、子どもはどのように不幸に育とうとも、結局は納得しなければなりません。吏華を引き取れない理由が、経済事情によるものか、隠微なお家の事情によるものか、問うつもりは全くありませんが、あらゆる事情にかかわりなく、親は子のために死ぬべきです。そのつもりで親になった筈ですから……

このように一方的で乱暴な言い方でまくしたてられて、わたしも今までどんなに疲れたかわかりません。この調子では、説得されるより、あのような手紙を書く、気の強い母親ですから、またぞろ反論じみた便りをよこすに違いないと思いながら、夫のペンの流れを追っているのですが、それならどう書けば吏華を引き取る気にさせることができるかといえば、やっぱりわかりません。すがり場所のない思いに襲われながら、だまって夫の手紙の進行を見ているだけです。

炬燵のそばの机の上に移してある電話が鳴りました。瞬間、わたしは吏華からではないかと思いました。しかし、送受器からは、あまり上品とは言えない中年の男の声がしました。

「小野寺という方、吏華の寄宿先よ」

夫と代わると、はじめ、ああ、それは結構でした、とか、お蔭様で、とか答えていましたが、しだいに面倒くさそうな顔になり、しまいには、ごく不機嫌に、ああ、とか、はあとか相槌《あいづち》をうつだけで、電話を切るときは全く素っ気なく乱暴でした。

三

始業式に、吏華は間に合ったようである。学籍を保証する、というのが、一番重要なことだったから、そういう点では一安心であった。しかし、転校に付き添ったのは、母親ではなかった。物珍しさにひかれて吏華をひきとったらしい小野寺某という魚商であった。男はなぜか、電話の向こうで浮かれていた。

「わたしにも子どもがありませんでね、支障はないですよ」

支障はこれから出るに違いないのだった。小野寺某は、早晩、小生意気で無礼な吏華に鼻白んで、母親に尻を得ちこむか、あっけなく手放すかするだろう。ぼくの不得意な部分を妻が補い、ぼくたちが曲がりなりにも教師だからこそ、吏華はこの分校に何とか九ヵ月落ちついていたのだ。

今、吏華に必要なのは、肉親との生活なのだった。少々なじめなくとも、あるいは退屈でも、母親との生活ならば納得すべきであった。あのような手紙をよこす母親だから、一緒に暮したところで、吏華のしあわせを保証することにはなりはしないだろうが、煎じつめれば、あらゆる子どもがしあわせを保証するとは限らぬ家庭の中で育っているのだ。それが家庭生活というもので、子どもが環境を選ぶべきでもないし、他人が肉親の生活に立ち入って、さかしらに親代わりを買って出たりする必要もない。

ぼくの思惑にかまわず、魚商は、

「それから吏華の出生事情ですがね、やっぱり先方の学校に知らせなければならなかったんですかね。教頭さんが、ずいぶん詳しく知っておられましたが」

そして、吏華の母親もそれを憤っているとつけ加えた。

「仕様がないことですよ。学籍の移動だから」

とだけぼくはこたえた。こちらが、不就学だった吏華が再び学籍を失うことを警戒して、たとえ吏華が単身で出向いても転校できるように、すべての事情を書いた書類を吏華に持たしてやった配慮を、魚商も母親も知らない。教育のひきつぎというものは、世間体への顧慮などとはかかわりなく、子どもの実態について忠実でなければならないのだ。学校外に秘密を洩らしはしないから、それは許される、というより、むしろやらなければならない事柄だった。しかし、ぼくは説明する気がなくなっていた。

最後に、魚商は言った。

「いずれ、おまかせください。わたしぁ、夜十一時まで、吏華の漢字の勉強にもつき合っています」

ぼくは投げ捨てるように送受器を置いた。他愛なく浮かれた調子の魚商は、母親の無責任さに加担して吏華の家庭生活を奪っただけではなくて、吏華を手放したぼくたちを得意げに見下しているふうがあった。このようでは、ぼくの母親への手紙も、いよいよ効果は期待できない。それでも妻は書き終えた手紙を、ぼくの気が変わるのを恐れるように、急いで玄関わきのポストに投函した。

「一ヵ月と続くか」

とぼくは声を出した。

「一ヵ月ですか？　わたしは十日と持たないと思う」

妻はぼく以上に魚商への敵意に満ちて言った。


去年の夏休み、からだの丈夫でない妻の保養のために、毎年出かけていた内陸部の温泉に、ぼくは吏華を伴った。妻が入浴している間に、ぼくは吏華に漢字の特訓をするつもりであった。一ヵ月ほどの分校生活で、吏華は授業に慣れ始めていたから、ぼくの個人教授は二泊三日の間に濃密な効果をあげる筈であった。

しかし、初めてのぼくたちとの小旅行で、吏華はすっかり遊山気分にひたりこんでしまって、全く勉強しようとしなかった。無理に机の前にすわらせて筆順練習をさせようとすると、そんなことわかってる、と言う。

「それより、川へ釣りに行かない？　おじさん」

吏華は、まだ、先生ではなくておじさんと呼ぶことの方が多かった。遊びにではなくて、勉強のために連れて来たのだと、仏頂面をつくって取り合わないでいると、しぶしぶ鉛筆を持ちはするが、やっぱり気が乗らないのだ。急にぼくの首に腕をまわして、

「ねえ、行って。おさかな一匹釣るだけでいいわ。そしたら勉強するから」

甘えてねだる口調になった。老画家が分校を訪れると、よくそのようにして小づかいをせびっていることがあった。抱きついておもねれば籠絡できるという小ざかしさがすけて見える演技であった。

「ふざけないで書け！」

少し声を荒げると、びく、とからだが反応するが、これ以上追討ちが来ないと覚ると、ますますしつこくからだを押しつけてくる。こうなると、もう本気で殴りつけて突き放しでもしない限り離れなかった。

ぼくは、嫌いな商売女にしがみつかれたときのように、声をこらえながら気魄だけはからだにこめて、片方ずつ吏華の腕を引きはがした。ぼくの爆発寸前の眼の光を見たのだろう、やっと吏華は練習ノートの前にすわり直した。

「音楽の楽は、中、左、右、次に下の順でしょ？」

ちょ？と聞えるような幼児語で吏華は問いかけ、小学校五年生の顔に戻って、舌で唇をなめなめ、ぎごちない運筆をした。やっと安堵して、いつもこのような顔をしているのなら、とぼくは思った。吏華は餓えているようなさもしくきつい顔になったり、思いがけず濃厚な媚の表情を見せたりすることが多く、なかなか十歳の少女のいじらしい顔を見せることがないのだった。

「いやね、にやけてみつめないで」

このときも、すぐに嫌味な女の顔になった。

「何をみつめた」

「あたしを見てたでしょ？　やにさがって」

ふいにばかばかしい思いがこみ上げて、吏華の愚直で敏捷性に欠ける手が伸びないうちに、すっと出口に立って後手に戸をしめ、妻のひたっている筈の家族風呂をあけさせて入ると、中から施錠した。浴衣をぬぎながら、

「身を持ちくずした女にでも勉強を教えてるようだ」

と言った。

「甘え方を知らないのよ」

妻は風呂に入り直しながら言った。

「あなたも苛々しないで、気長にかかった方がいいわ」

そして気持よさそうに眼をつむった。

そのとき、家族風呂の戸が乱暴に叩かれた。続いて、吏華の甲高い声があった。

「こら、あけろ。鍵をかけて、夫婦で何してるんだ」

妻は途端に湯治客の表情を失った。ぼくは急いで浴衣を着て錠をはずした。押し入ろうとする吏華の襟元をおさえつけて廊下に押し戻し、

「先生夫婦に恥をかかしたな」

押し殺した声で言った。やっぱり殴らなくてはならない。幸い人影はなかった。気配を感じて、吏華は身をひるがえして逃げた。大人気ないものものしさで追って行くと、吏華は机の前にすわって急いで鉛筆を持ったが、もちろん、文字はぼくが部屋を出たときから一字も進んでいなかった。

そのような吏華であった。魚商に、どのような漢字の指導ができるというのだろうか。夏休み特訓ははかばかしくなかったにせよ、その後の学校教育で、ぼくは吏華に一応五年生の学力をつけた。辞典も買い与えてある。その吏華が、新しい飼主に漢字指導をねだるとすれば、それは名目で、飼主がどれだけ自分に奉仕してくれるかを測っているだけなのだ。早晩、漢字練習ばかりではなく、魚商の家にも倦きるに違いなかった。

案の定、半月ばかりしてその魚商から電話があった。吏華は隣の子と仲良くなって、その家に泊りこむようになったという。

「でも、食費はわたしが出しているんで、支障はありません」

魚商はほとんど無邪気に聞える声でそう言った。

四

袖浜付近は、ふだんの夏は、わたしの郷里のある内陸部よりは平均気温で二度ほど低いのですが、ことしは梅雨もさほどではなく、七月の中頃にはすでに猛暑の気配で、石をのせた半農半漁のまずしい家の屋根の木羽が、熱気のために一枚一枚そり返ってはじけてしまうような暑さが続きました。東京もそのように異常な高温が続いたものでしょうか、老画家が亡くなったという電話が、夏休みが明日からという日に吏華からありました。

正直のところ、やっとという思いがいたしました。これで吏華は薄汚れた放浪からは、はっきりと解放される——。

吏華は六年間起居を共にした肉親を失ったことはほとんどこたえない風で、お葬式もあるらしいし、そのほか、ちょっとしたごたごたがあって、せっかくなのに、夏休み、袖浜へ帰れないわ、と言って電話を切りました。実は、母親とのことや、今住んでいる場所についてなど、もっと聞きたかったのですが、あるいは、吏華は吏華なりに、環境の変化にうろたえたり戸惑ったりしているのかも知れないと思い、押してこちらから電話をかけ直すことはしませんでした。先方の学校にさえ問い合わせれば、連絡のつけようはあったのです。

夏休みになってもわたしたちは郷里には帰らず、分校に止《とど》まって、夫は十一人の分校児童を二班に分け、一班ずつ一日交代に車で海に連れて行って水泳指導をしていました。その五日目ほどに、生前老画家と親しかった三浦未亡人から電話があり、東京とは別に、地方でも葬式をするので出席してほしいということでした。そして、ほんとはね、葬式というより、迷惑をかけられた人達の、死者に毒舌を餞《はなむ》ける会なのよ、とつけ加えました。

「遊びのつもりじゃ、ないだろうな」

気が進まぬままに出席を決めた夫は、その葬儀が行なわれるという小都市の寺に向かって車を走らせながら言いました。

「そうではないでしょうけど……」

わたしは吏華をひきとって間もない頃、怒鳴られるのを覚悟で、星沢老人に、もしものことがあったらどうしたらいいかお聞きしたことがあります。老人はちょっと聞き違えたらしくて、長い両腕をこわばった木の枝のようにふらっとさしあげ、これさ、ばんざいだよ、葬式なんかいらん、と言われました。亡くなられたあとの連絡先とか、吏華の処遇についてお聞きしたつもりだったのですが、いかにも屈託なげに、葬式などいらぬとおっしゃったことばに、奇妙な実感がこもっていたので、わたしはふと気圧されて聞き返しはしませんでした。夫には、子どもに世話になるという屈辱的なことができるか、現役のままぱったりさ、と言われたそうです。子どもをあずけながらわたし共を非難するような、納得の行かない行動の多い老人でしたが、そのような言い方にはさすが芸術家の片鱗は感じられましたから、夫は葬儀など老人は喜んではしないはずだと考えているようで、周囲の者だけが人の死をネタに浮かれることはないと、いつまでもこだわっていました。

わたしはそれよりも、ちょっとしたごたごたがあって分校に遊びに来られないという、吏華の事情の方が気になっていました。母親さえ責任のあるしっかりした人なら、もう手放してしまったわたしが、何もとやかく心を砕くことなどないのですが、実子を引き取ることを渋るような人なのです。夫の剛直な指導の手紙にも、肉親であることよりも、心が通じ合える間柄というものの方が大事ではないか、と、すかさず反論し、さらに激した語調で、知人も電話でなじったそうだが、複雑な血縁上の秘密を、当方の学校の教頭さんに知らせた先生の独断にショックを受けた、黙っていれば誰にもわかりはしないものを、と、学籍移動のために已《や》むを得ず書いた書類にまでうらみ言を書いてよこしたのでした。ですから、ごたごたの中で、吏華の側に立って愛情に満ちた庇護を与えてくれるようにはいよいよ思えません。吏華はいったい、どのような顔で、老人の死と、そのものめごとのさなかを過しているものやら、ごたごたというのも、またぞろ、邪魔な吏華のおちつき先のことであろうか、あるいは老画家側の身内と母親側の身内とのいさかいででもあろうかと、どうも事情がわからないだけにおちつきません。道のわきが、切り崩した山肌にモルタルを吹きつけたでこぼこの壁になっている山あいを二時間、そんなことに思い屈しながら、夫の運転する車の助手席にもたれていました。

葬儀では、分校に来る直前の数カ月、画家と吏華が世話になったという医院の院長さんが喪主格になっていて、その方と、大柄で美人の夫人だけは、しっとりと神妙な物腰で参列者に応接していましたが、派手な顔だちの小柄な三浦未亡人が、自分が葬儀委員長にでもなったように不相応にせわしく動きまわり、自分の役柄に溺れ切って楽しんでいるのが目ざわりでした。その上、お互いに見知らぬ参列者達も、どこか乗り気がしていないような様子で、じとじと汗のしたたるような真夏の葬儀ながら、本堂が暗いせいだけではなく、ふっと、うそ寒い違和感がただようような席でした。

庫裡に席を変えた、毒舌を餞ける会というのも、わたし共が、吏華のために迷惑だと思い、時には憎んだ老画家の奇矯な言行についての思い出話だけでしたから、夫も退屈していたようです、帰りの運転はわたしに任せるつもりで、だまってビールを咽喉に流しこんでばかりいました。

三浦未亡人は宴会（たしかにそれは肉も魚も出ていましたから、法要ではなくて小宴でした）になると、さらに精力的にはしゃぎまわり、老人の死が少しも悲しくないのでしょうか、おませな吏華のいうことから察すると、老人と普通ではない関係を持ったはずの人なのです。吏華は、ひとりになった老画家の住居に、月に二、三度訪れて、何かと世話をやき続けていた未亡人のことを、三浦のおばちゃん、どうしていつまでもあんなにおじいちゃんの世話をやくのかしら、わたしには前から邪慳にしかしなかったくせに、と言うことがありました。

わたし共とは何もかかわりのない方ですからどうでもいいようなものですが、孤独な少女のためではなくて、八十になる傲慢な老画家にしつこく尽し続けたというのが、いかに亡夫の厖大な遺産を抱えた自由な未亡人とは言え、どうしてもさもしい女の性を露わにしているようでたまりません。その上、みんなにビールをつぎまわっていた彼女は、星沢先生は気むずかしくて自分勝手だったけど、やっぱり画家よね、さっくりしていて小気味よかったわ、ただ、付録のリリはだめ、がつがつしていて小生意気で鼻持ちならないの、わたし、星沢先生がリリと一緒でなかったら、最後まで面倒をみてあげられたと思う、と、わたしの気持を逆撫でするようなことを言いました。参会者たちも、ここに吏華の味方がひとりいる、ということには全く思い及びませんから、蟹《かに》をむしったり、刺身をつまんだりしながら、たしかにあの子は変な子だったなどと相槌をうつのです。

それは、以前から問題児の指導についてはある程度自信を持ち、吏華の少々の小生意気さなどは簡単に直せると意気ごんでいた夫でさえ呆れ果て、叱咤《しった》と拳固だけを与えるようになった子ですから、みんなの共感は当然と言えなくはありません。しかし、ある時期を一緒に老人や吏華と過し、吏華だけを邪慳に扱って余計にいじけさせた未亡人が、みんなの前で吏華の欠点をあげつらうことはないのです。しかも、よく未亡人を見ると、浮薄なおしゃれの仕方とか、人の持ち物にふっと興味を走らせるなどの仕草が、引き取ったばかりの頃の吏華によく似ています。鼻持ちならないと言いますが、その鼻持ちならなさの幾分かは、同居時代に御本人が、黴菌のように吏華に移しこんだのかも知れないのです。わたしは静かな接待を続けている院長夫人に、そっとささやきました。

「でも、不幸をさらっと受け流しているような、こだわりのない聡明さはありましたわね」

「そうでございましたかしら。わたしも吏華は嫌いでしたけど」

清楚な物腰には似合わしくない鴉《からす》のような声が返ってきて、わたしはびっくりしました。この人も三浦未亡人と同じ吏華の否定者なのです。考えて見ると、おませで小生意気な吏華に肩入れする女性など、いないのが当然なのかも知れません。そう思うと、白い吸取紙がじわじわ汚されるように、大人達の影響を受けてますますおませになったり、生意気になったりして、さらにひどく疎まれ続けてきた吏華が哀れで、この春、ドアの閉まったデッキに立って奥歯を噛みしめ、顔を紅潮させて必死に嗚咽をこらえていた別れ際の吏華が、まざまざと思い出されました。

別れの午餐のとき、吏華は夫の最後の御馳走であるステーキにとうとう手をつけずじまいでした。声を殺して、泣いてばかりいました。そして、夫が勘定に立ったとき、

「ね、女先生、あたし、どんなにいい子になっても帰って来られないの？」

としゃくり上げながら言いました。

夫が酷《きび》し過ぎるのが原因で帰すことになったのだとは言っても、それは結局夫婦の意志ですから、わたしにも一半の責任はあることなのですが、わたしは吏華の必死な面持ちに抗し切れず、思わず夫を裏切りました。

「そのときは、わたしも、もう一度お願いしてみてあげるわ」

そして、思いをこめて、ほんとうにいい子になるのよ、と申しました。

三浦未亡人をはじめ、誰もが、五歳の幼時からしきりに安息の場所を求め続けていた吏華の、いたいけな悲しみを知らないのです。

またしても、吏華はどのような思いで老画家の死に対しているのだろうか、とわたしは無責任で乱雑な小宴の中でひとりになってゆきました。

五

いつもの年であれば、月遅れのお盆が過ぎるとめっきり秋めいた風が吹き、海は蒼いうねりが高くなって、浜遊びをする者も目立って減るのだが、ことしの炎暑はたじろぐことなく続いた。水泳指導は夏休み始めの十日間の予定だったが、盆の四日間を休んだだけで、ぼくは分校から海まで子どもたちを運び続けた。

もう水泳指導ではなくて、気儘な浜遊びになっている。それでもよかった。分校にはプールがなく、付近に小さな渓流はあっても、水遊びに適した川がなかった。

子どもたちは、ねっとりと蒼くひろがる海が恋しくてたまらない。強力な日光を白くはね返す砂利道を折れて松林に入り、一挙に地勢になだれて浜に落ちこむ、眺望の開けた地点に着くと、分校児童たちは、倦きずに歓声をあげた。

横沼と呼ばれる子どもたちの水泳場は、小さな湾状になっていて、岩礁をコンクリートでつないで防波堤にしていたから、磯浜ながら、危険のない自然プールができあがっていた。

子どもたちは、防波堤の上から、わかめやつのまたのゆらいでいる海中目ざして飛びこみをしたり、向こう岸の岩礁に泳ぎついて、岩肌にはりついている巻貝をとったり、外海に向かって釣糸を垂れたりした。子どもたちの体力にはすでに張り合えなくなっているぼくは、水中にいる時間をごく少なくして防波堤に腰かけ、つば広の麦藁帽の蔭から、無邪気な子どもたちの遊びを見ていた。そうしていると、浜の監視員が寄って来て、そっと禁制の鮑や雲丹を呉れることがあった。

昼休みに、バスタオルを敷いて車座になり、握り飯をむさぼっていたとき、あれ、吏華ちゃんじゃねえか、と言って、賢一が立ち上がった。湾を囲んでそそり立つ崖の上の浜小屋の前から、タクシーが松林の方へ消え、それから降りたらしい黄と黒の縞模様の水着を着た少女が、急な坂道を危なっかしく体をおどらせながら走り下っていた。水着にもからだつきにも見覚えがあった。

なるべく分校の居心地のよさを忘れさせたくて、ぼくは吏華の里帰りも歓迎しないつもりでいたのだったが、予期しないなつかしさがこみあげて腰を浮かした。吏華は口をいっぱいに開いて笑いながら、

「こんにちはァ、しばらく」

と、遠くから、機嫌がいいときの甲高い声をあげた。この夏吏華は来られないらしいとぼくから聞かされていた子ども達は、思いがけない吏華の出現にびっくりして、浩記たち二、三人などは、握り飯を放り出して迎えに走り、背の高い吏華を見上げて、すがりついた。

吏華はぼくの前に立つと、あらためて几帳面に挨拶をした。一学期間のうちに、脚がまた長くなっている。

「いつ着いた？」

なつかしさをこらえて、ぼくはぶっきら棒に訊いた。

「今さっき。タクシー待たせといて、着替えてすぐ来ました」

子どもたちは、分校の教室で水着に替えて海に来る習慣であった。去年一夏を袖浜で過した吏華も、それに慣れているのだった。

「泳いでいいですか」

吏華はすぐにでも海に入りそうな気配を見せた。しかし、みんな昼食が終わるまで待つように言うと、はい、そうします、と歯切れよくこたえて、再び始まった昼食の車座に加わった。

ずいぶん変わっている、と、旧友たちと歓談を始めた吏華を隣に見ながら、ぼくは思った。思いがけずふき上がって来たなつかしさが、吏華への評価を甘くしているのではなかった。この春の吏華は、朝夕きちんとぼくに挨拶するようになっていたが、それは、ぼくを怖れていたからで、決して身についた礼儀ではなかった。その証拠に、妻に対しては終始、無礼な態度をやめなかった。

ぼくのそばに、東京の学校のプールで水泳四級をとったという黒い肌を見せてすわっている吏華は、畏怖の距離を置いてはいなかった。素直ななつかしさを表現しながらそれでいてことば遣いにも節度があった。先方の学校の教育の成果であろうか、それとも、魚商の所から移ったどこかの家庭の厳格な躾の結果であろうか。しかし、子どもたちの前でくぐもった吏華の家の事情は聞き出したくなかった。

昼食が終わって少し休んでから、あらためて準備体操をさせた。吏華は相変わらず腰をかがみ加減にした変な恰好で手足を動かした。腰！　と去年のようにぼくは叱咤した。すみません、と即座に姿勢を直しながら吏華はこたえた。吏華は、分校にいる間、最後まで、注意をされるといやな顔をし通したのだった。

体操が終わって、全員とびこめえっ、と号令をかけた。きょうの班は、六年の賢一、五年の知子、四年の春彦、三年の浩記、和彦、それに二年の智の六人だった。六人は水しぶきをあげて飛びこみ、思い思いの方向に泳ぎ出した。高学年は向こう岸を目ざし、低学年は飛びこんだあと、すぐ進路を変えて、右手の岩礁に戻って来るのだ。浩記は兄の水泳パンツのおさがりをはいているために、泳ぎながら、腰を気にして手をやっては沈みそうにあり、あわてて頭をふりたてて泳ぎ直した。

吏華はすぐに泳ぎたいと言ったくせに、立ちつくして友達の泳ぎを眺めていた。

「まだ飛びこみができないのか」

「すみません」

吏華は詫びを繰返した。去年、ここから飛びこめなかったのは、当時一年の智と五年の吏華だけであった。ぼくは、智坊さえ飛びこんだぞ、と言って吏華の二の腕をとらえた。吏華はぼくに叱られていたときの顔になって尻ごみした。

「ごめんなさい、少しずつ練習するから」

ぼくは構わず抱えこむように引き寄せて、体をこわばらせている吏華を海に放り出した。叫びながらぶざまに吏華は落ちこみ、ひとしきりもがいてから泳ぎ出した。たしかに練習は積んだらしく、クロールの姿勢が去年よりのびのびしていた。

吏華が泳ぎつくと、岩礁に立って待っていた賢一、知子、春彦の高学年組は、すぐに飛びこんで戻り始めた。それを追うようにターンを試みた途端、吏華は痛ァい、と声をあげた。そして、泳げない子のように、ばしゃばしゃと不器用に水面をたたいて岩礁に戻った。岩を蹴って踵でも切ったに違いなかった。

ぼくが泳ぎつくと、吏華はちょっと顔を歪めるようにして笑った。

「ごめんなさい、切っちゃったの」

「どうしてそう何度も詫びるんだ」

吏華はふっと眩しいような顔をして答えなかった。

「見せろ」

重い脚を持ち上げると、踵の皮がこすり切れたように破れて血がにじんでいた。吏華は平気です、と脚をひっこめようとした。ぼくはおさえつけたままで、唾を傷口にぬりつけた。

「それで直るんですか？」

「まあ、お呪《まじな》いさ、このまま三分間待つのだ」

吏華は、わあ、コマーシャル、と言って華やいだ声で笑ったが、自分でふざけ出しながらぼくは吏華の笑顔にこたえなかった。

吏華は引き取られていた九カ月間、ぼくの子どもであり、受け持ちの児童だった。しかし、子どもであったのは最初の一カ月ぐらいで、あとは叱咤され通しの児童になった。野放図な甘えと無礼を憤って、ぼくは笑顔を見せることがなくなり、その代わりに苛酷な生活の規制だけを与えたのだった。吏華は妻に対してだけ熱っぽく甘えるようになり、鬼面のぼくには恐れて距離を置いた。

そのころの感情生活が残っている。成長したけなげな吏華を見て、慈《いつくし》みたい気持は動いても、こわばった感情の被膜がなかなか破れないのだ。

「もう、泳いでいいですか？」

一分もしないうちに吏華は立ち上がった。

「痛くなかったらいいさ」

平気です、と吏華は児童の声でこたえ、水面を生真面目な表情でみつめると、思い切って海中に飛びこんだ。

吏華がふえたために、車は定員オーバーになった。それで、吏華と同クラスだった高学年組を主賓として車内に乗せ、三年生の浩記、和彦を、遠出の狩猟のときの猟犬のようにトランクに押しこめた。助手席に乗るとき、吏華は、浩記ちゃんたちに悪いわ、お願いします、と言った。

子どもたちを道順にそれぞれの家の前におろして二人っきりになってから、ぼくは一番気になっていることを訊いた。

「今、どこにいるのだ」

「おねえさんとこ」

と、吏華は初めて語尾を略したこたえ方をした。気に染まぬ話題になると、そのような素っ気ない言い方をして、話を切り上げようとする癖があった。うまく行ってないな、とぼくは思った。

「おかあさんは？」

「週に四日、あたしたちの所で暮して、あとの三日は横浜の六角橋の自分の家へ帰るの」

母親を他人のように見ている感じがあった。週に三日家をあけるのなら、そのように見られて仕方のない暮し方をしているのだろう。やはりまともな女性ではなかったのだ。触れたくない話題には違いなかったが押して、どうしてずっと一緒にいないのか聞いた。

「わかんない、事情があるんでしょ」

放浪時代の吏華に戻ったような投げやりな調子になった。

「新しいおとうさんの所へ行くのだな」

「そうらしいわ」

と案外あっさり認めて、

「でも、どうしてわかるのかしら、三浦のおばちゃんも、すぐパトロンのとこでしょって当てたわ。勘がするどいのね」

と言った。吏華は分校へ来る途次に三浦未亡人の所へ一泊したとのことだった。ぼくは、厚化粧の下にどこか野卑な翳《かげ》を宿している未亡人が、下種《げす》な想像を子どもに向かって確かめている様子を思い描いて不快になった。

「おばちゃんは、おかあさんを嫌いらしいの。どっから手に入れたのかしら。おかあさん宛のラヴレター見せてね、これ、おじいちゃんからの手紙ではないのよ、他の男の人からのよ、そういう人なんだよ、と言ったわ」

老画家は、吏華の母親に他の男ができたのに怒って、証拠物件としてそのような手紙を取り上げたものであろうか。それにしても、その手紙を未亡人が持っている、というのはおかしい。大人が聞いても気色のよくない話を、当事者の娘に話して聞かすという神経は、なおさら奇怪であった。やはり、老画家の女になった者の嫉妬としか考えようがなかった。

「いらぬ口出しだ、やきもちだ」

ぼくは、吏華の母親から、未亡人の方へ憎しみの矛先《ほこさき》を向け直した。

「やきもちって、どうして?」

「子どもはそんなことを考える必要がない」

ぼくは村道から直角に登り坂になっている分校への入り口を、乱暴にハンドルを切った。そして校庭に入ってから、

「もう、三浦のおばちゃんとは逢うな、子どもに向かって母親の悪口を言うような人は、まともな人間じゃない」

と言った。

吏華は車から降りるとき、ありがとうございました、と児童の声に戻り、去年だとそのままばたばた玄関へ駈けこんだのに、いつもの六年生がそうしたように、車のポケットから乾いた布を持ち出して、水着のまま乗ったために濡れた座席を、かいがいしく拭き始めた。

ちょうど牛肉の買い置きがあって、夜は肉の好きな吏華の歓迎の晩餐ができた。同居中は、節度のない食べ方をする吏華を躾けるために、肉だけをあさろうとするのを叱りつけながら食事をするのが常だったが、ぼくは吏華に腹いっぱいの御馳走がしたくなっていて、好きなだけ食べるように言った。

「そんなにたくさんは食べられないわ」

珍しいぼくの容認のことばであどけなく上機嫌になった吏華は、こらえ切れない笑顔を見せた。

「ワインはどう？　飲む？」

妻は母親のような顔つきで言った。

「ええ、飲む」

そして、吏華はちら、とぼくを見た。ぼくは、ずっと、子どもは酒を飲む必要がないと言い続けていた。

「飲んでいいよ、一杯だけ」

「一杯でいいです」

吏華は嬉しそうにグラスを捧げた。

妻は、さりげなく吏華の上京以降のことを訊き始めた。水着の洗濯と夕飯の仕度で、妻はまだおちついて吏華と話し合っていなかった。

吏華は淡々と経過を話した。四月の中旬ごろ魚商のところから隣の友人の家にうつったこと、しかし、そこも一週間ほどで、結局、姉二人が住んでいるアパートに一緒に住むことを許されたこと、週に四日間だけ母親が来ること、学校は六年生が三学級で、担任がぼくのような鬼先生であること、水泳で四級をとったこと……

妻は相槌をうったり、吏華に釣られて思わず笑ったりしていたが、思い出したように、

「前に電話で話していた、ちょっとしたごたごたって何のこと?」

と話を戻した。

「あたしが貰われて行くこと」

何でもないことのように吏華は言った。なに? とぼくは吏華をにらんだ。身内のもとで生活することが大事だとあれほど繰返したのに、と、わからない吏華を怒鳴りつけたくなっている。

「どういうこと?」

「おかあさんはあたしをいらないらしいの。中小企業の社長さんとこへ養女に行けって」

何と返事をしたのか糺《ただ》すと、他人事のように、仕方がないでしょ、行く、というのであった。

肉親への執着が全くないのであろうか、吏華はほとんど動じていなかった。

「行くんじゃない！」

吏華はこの春までのような怒声を出したぼくに驚いて、箸《はし》を止めた。

「だって……」

吏華は何かを言いたそうにしたが、

「行く必要がない。絶対行きませんと言って、おかあさんにしがみついているんだ」

ぼくは吏華が悪いことをしでかしたときのように声を荒げた。

六

子どもたちとの水泳に明け暮れた吏華が帰ってから一カ月たって、学校の裏山の瓜肌楓《うりはだかえで》の葉が褐色に色づく気配を見せ始め、夜は校庭の端から黒い海の向こうに烏賊《いか》釣船の遠い鬼火のような灯が望まれるようになっても、吏華からは養女になったとも、話が立ち消えになったとも便りがありませんでした。わたしにしても手放した子にその後の経過を聞いたり、身の処し方を指図したりするというものでもありませんから、どうなったのかと電話で聞き糺すこともできず、筆不精な吏華をあらためて憎んでみたり、無音《ぶいん》の母に苛立ってみたりするのですが、所詮は中途半端な育て方をした末に子どもを放り出してしまった田舎教師の勝手なひとり相撲で、その日その日が気鬱でたまりません。それで、放課後になると、みずみずしいしめじを妊り始めた裏山に登って、子どもたちと茸の採集に我を忘れるのが日課のようになっていました。ひ弱なわたしや低学年組は、比較的近くて勾配のなだらかな山を歩き、健脚の夫は高学年組を引き連れて、深い沢を渡ったり、急傾斜の山をよじのぼったりして、しめじだけではない、地方によって馬喰茸とか猪鼻《いのはな》とか呼ばれる、かさが径三十センチにもなる香茸《こうたけ》を求めてずっと奥に入りこみますが、低学年組は山遊びだけが楽しいので、茸の出場《でば》を蚤取り眼で這いずりまわるわたしなどほったらかして、あけびを探したり、山葡萄を求めて木によじ登ったり、垂れ下った蔓につかまってぶらんこをしたりします。だからわたしはひとりになって、意識して吏華のことを頭から放り落しながら、たまさかの風の音しか聞えない静謐の中を、しめった樺色のしめじを求めて丹念に歩くのです。

そのようにして一時間ほどを過して、太郎が丘と呼ばれる見はらしのよい丘につく頃には、わたしのコースを知っている子どもたちがすでに集まっていて、採取したあけびや葡萄をむさぼっています。

しめじなどという高級なきのこは、内陸部の県都で育った、しかも足弱なわたしなどには、自分の手でとることなど思いも寄らない高嶺の花なのですが、この分校に勤めるようになってからは、裏山で手軽に採取できるものですから、それがいつも新鮮な魅力で、その上、乾いた空気がすっきりと肌を撫でる秋の気配が快くて、少々心が沈んだときでも、山にのぼって林の中を徘徊《はいかい》したり、つつじ株の蔭をのぞいたりしていると、ひどくのびやかな気分になることができました。

太郎が丘の西側の繁みのしめじを取ると、いつになっても初心者であるわたしのコースは終わりで、わたしは待っている子どもたちの車座の中にまじって、うすく滲んだ汗を鎮めながら風を聞きます。そこからだと、海は真向いに淡い水平線をひろげており、その日の空模様によって、灰色にざわめいたり、瑠璃《るり》色にうねったりしていて、わたしはじっとその風景にひたりこむのですが、子どもたちは山の幸を食べ終わると、早速木に登って、ヨットだぞォ、タンカーだぞォ、と、遠い船のあてっこを始めます。分校の伝統のように、子どもたちの登る木は、その年、その年で決っていて、だから枝ぶりのいい木の取り合いっこなどはありません、おのおのが自分の木にのぼるのです。

子どもたちの倦きることのない歓声を聞きながら、智坊の隣の、葉を落した登りやすい松の古木は、去年は吏華の木だったことにどうしても思いあたってしまいます。それは太い枝を麓に向かってさしのべていて、腰をかけるにも恰好の、すわり心地のよい木でしたが、子どもたちはそれぞれ自分の木を疑わず、たとえ、高学年組が木登り遊びに加わっても、吏華の松に登ろうとはしませんから、主を失った古木はいつも侘びしく取りのこされました。茸狩りで、心の重みは払われたはずなのに、わたしは吏華の木を見ると、ふだんの、低くさまよう雲のような不安がよみがえって、性こりもなく吏華の境遇をあれこれ思いわずらってしまうのです。

実は、夫には明かしていませんでしたが、吏華は、養女にやられることを告げた晩に、風呂の中で、思いつめた顔になって、あたしを貰って、と言ったのでした。わたしは、吏華が分校への思いを断ち切れないでいることは承知していましたが、聞いたばかりの養女のことと、母親から離れるなと怒鳴った夫の指導のことで頭がいっぱいになっていましたから、吏華の申し出に不意をつかれたようにうろたえ、迷った挙句に、男先生、こわくないの？　と申しました。

「こわいけど、おかあさんのようにわけへだてしないからいいわ。だって、叱るのだって、あたしを直すためでしょ？」

「そりゃ、そうだわ」

「わけへだてはいや。外出も、おかあさんと姉さんたちだけで、あたしは留守番なの」

「ほんと？」

「嘘じゃないわ、もう慣れちゃったけど」

吏華はそういうふうなことを言うとき、あまり惨めったらしい顔をしないのが常で、そのときも、小さな口をすぼめて、慣れちゃったけど、と少し幼児語じみた発音をし、ほんのりと色をあげたふくらみ始めた胸を洗っていました。

「ね、だめ？」

「わかんない。男先生にあんたからお願いしてみたら？」

「こわいもん」

一応慕いはしていても、やはり夫の剛直さは怖れているのです。わたしは、わたしより背丈の大きくなった吏華を後向きにして背中を流しながら、わたしだってこわいわ、と申しました。よほどほぐれた気配を見せて来てはいますが、夫は、まだまだ吏華を信用してはいませんし、教育の上の持論をまげることはまずありません。

「男先生、おかあさんから離れるなって叱りつけたばかりでしょ？　実の母親に勝つつもりかって、わたしだって怒鳴られるわ」

吏華は黙りました。去年の吏華だったら、このようなとき、何さ、春休みには、いい子になったらお願いして上げるって約束したくせに、とかみついて来たはずですが、わけへだてされているという数カ月の生活の中で、諦めに慣らされてきたのでしょうか、格別不幸そうな思い入れもせず、じっと黙ってめっきり大人びた背中をあずけるだけなのでした。

そして、湯槽につかってから言いました。

「ここがだめなら、わたし、やっぱり社長さんとかいう人のところへ行くわ」

「男先生はあんなふうに言うけど、おかあさんはあたしを嫌いなの。わかるの。おねえさん達もよそよそしいし、迷惑がられているところに、あたし、いられないわ」

「……」

「それでいいの？」

「だって仕方ないでしょ」

思い切ったように立ち上がって、からだをふきました。

一緒に宿直室に戻ると、吏華は同居時代にすでに心得ている男先生へのサービスを懸命に心がけ、本を読んでいる夫の肩を揉んだり、言いつけに従っていそいそとビールを運んだりしました。

そのようにいたいけな求愛が夫には通じないのでしょうか、奉仕への碌な礼も言わず、吏華のいる三日間というものをとうとう仏頂面で通して、帰りしな、吏華が、秋の連休に来てもいいですか、と訊いても、即座にだめだ、ときっぱり断り、子どもがやたらに親を離れて泊り歩くんじゃないと、にべもないのでした。

吏華は、わたし達がこうして山遊びに興じている間も、疎まれていることのはっきりわかるわが家の中で、からだを固くして耐えているのでしょうか、主のいない無骨な古木が、吏華を思い出すと余計にさむざむしく孤独に見えるのです。

低学年組の子どもたちが木登りを始めて二、三十分もすると、太郎が丘の背後の高い山から、夫が高学年組を従えて、背中の大きな籠をゆさゆさゆすりながら降りてきます。夫の顔には喜悦がみなぎっており、汗の匂いを周囲にまき散らしながらどさりと籠をおろすと、その中にはほとんど例外なしに、たけだけしくかさを広げた焦茶色の香茸がびっしり詰まっているのでした。

夫が汗をぬぐって一服すると、いよいよ分校全員の凱旋になります。声をあげながら麓の校舎に駈けおりる子どもたちを追ってゆっくり歩く夫の顔には、子どもといっしょのあけっぴろげな喜びだけがあって、吏華への気づかいなど、地に落ちた淡い胞子の粉ほども見られません。収穫が、しめじ・香茸から、金茸・銀茸に代わり始めてからですから、十月も半ばを過ぎたころです。山を下りて職員室に入ると、出かけるのと入れ違いに届いたらしい郵便物があって、その中に、吏華の母親のはがきがまじっていました。くわしいことは何もなくて、あと一週間ほどしたら、遅ればせのお礼のために分校を訪問するということでした。茸を新聞紙の上に一つ一つ丁寧に並べ出した夫は、時期が中途半端過ぎるな、と言い、わたしも、今ごろどんなつもりだろうと、それこそ初めてもらった吏華の母親からの手紙でなくとも、その訪問には裏に礼とは別の真意が隠されているような気がしてなりませんでした。

七

吏華の母が来るという。心が重いことだった。吏華への愛情を全く持ち合わせていない風の、常人とは言えぬ母親に、どのような表情で向き合えばいいのか。

星沢老人に、あるとき、吏華の母親のことを訊ねたことがある。老人は、ああ、ありゃあ、としばらくことばを探してから、そうだな、魔女だよ、と答えた。魔女ということばでどういう性格をあらわそうとしたのか、ぼくにはわからなかったが、長い交渉の涯に、言い難い女の底恐ろしさにでもつきあたったらしいことは想像できた。

分校で暮すようになってから、吏華はぼくたちに感染したように老画家を憎むようになって、この春の上京のときも、病床の老人には通り一遍の見舞いをしただけで母親のもとへ走ったのだったが、葬儀の席で吏華は泣いたという。

「ほんとうに憎んでいたのよ。心の中で、死ね死ねって何十回も叫んでいたもの。でもね、涙が止まんないの」

夏休みに来たとき、吏華はそう言った。そしてつけ加えた。

「やっぱりあたし、おかあさんより、おじいちゃんのほうが好きだったみたい」

母親の来訪を前にして、身構えようにも見当がつかなくてぼくは当惑していた。

烏賊釣船の鬼火がいっそう輝きを増し始めた十月末の夜、吏華の母親はやって来た。ぼくは、外出のときの妻の着物姿に慣れていたせいか、妻と同い年だという母親にも何となく和服を予想していたのだったが、分校の玄関に立った母親は、痩せた肩にベージュのコートを着た、いかにも都会人らしい女性だった。母親は、吏華とは全く似ていない病み上がりのような大きな眼でぼくを見て、吏華の母でございます、と言い、ぼくは曖昧な愛想笑いで迎えた。玄関の薄暗い電燈のせいか、母親はとても寒そうで疲れているようであった。

妻がすぐに入浴させて温まらせたが、湯上がりのあとでも、疲れたような蒼黒さを肌の底に沈めていた。そして、自分の思いをたしかめでもするように、物静かにビールを口に運んだ。このようにして、いつも気のすすまない酒を流しこんでいるという飲みかたであった。合間に、何かを諦め切った眼ざしで炬燵板の一点をみつめ、表情を動かさないで、ゆっくりと小さな声で話す母親のことばには精気がなかった。手料理を並べ終わった妻も、炬燵に坐ってから、母親の雰囲気につられたように口数が少なかった。母親は、ふっと投げ出すように、

「わたし、疲れるんです」

と言った。

「吏華と一緒にいると、どうにもならないほど疲れちゃう」

声には相変わらず、抑揚がなかったが、このとき母親は落した眼はそのままで、ゆっくりとかぶりを振った。

「気が合わないんですよ、きっと。だめなんです、どっちも勝気なんです……」

ぼくたちは、相変わらず相槌をうちかねていた。繰り言になり始めているような母親の話は、少々鬱陶しかった。それでも、母親は目の前に人がいないときの独り語りのように、呟きを続けた。先生方はどのようにしてあんな吏華に耐えられたのか、とても想像ができない、食事のときのさもしい眼つきなど身ぶるいがでるほどいやで、腹をいためた子なのに根っからのよその人間のように見えてくる、一緒にいるともうくたくたになって、早々に六角橋の自分の家に帰りたいとばかり思ってしまう。吏華は嫌われたくてわざとそうしているのかも知れないけれど……

妻は迷った顔のまま、

「そういうことはしない子だと思いますけど、そんなですか。こちらでずい分直って行ったんですが」

と口をはさんだ。

「あたしを見ると、自然にああなるのかしらね」

母親は遠くにいる吏華をゆっくり憎むように言った。

「中断がなければこんなじゃなかったと思います。けれど、星沢が吏華を連れ去ってしまったでしょう? もう、どうにもなりませんわ」

「……」

「妊ったときは、今度こそ自分の思い通りの育て方をしようと思っていましたの。上の二人の女の子はそうできませんでしたから」

ぼくは、この母親が由緒ある家柄の夫人だったと、老画家がいつか洩らしたことがあるのを思い出した。家柄ゆえの桎梏でもあって、思い通りの養育ができなかったのであろうか。

「だから今度は男など、誰でもよかったのですわ」

投げだすように言った母親をみると、薄い肩をすぼめて、ふと自嘲的に見える笑いを浮かべていた。

「吏華ちゃんは、まだ養女に行ってないんですね?」

妻が、やっと気にしていたことをたしかめた。

「ええ、話がだめになったんです」

妻に応対をまかせて、ぼくは風呂に入ることにした。

ぼくは体を洗う気がないまま、ぬるくなっている湯に浸った。少しにごり加減の湯の表面に、脂っぽい微粒が鈍く光りながら浮いていた。昨夜遅く蓋をするときは見えなかったのだから、それは疲れ果てた吏華の母親から滲出したのかも知れなかった。

ふと、母親は、自分が夢中で辿って来た道すじを、彼女なりに秩序だてて語ろうとしていたのかも知れないと思った。理解に苦しむところはあったが、語られることがらに偽りはないようであった。その一つ一つのことがらは、母親にとってどのような意味を持っていたのだろうか。

夫以外の子を妊ったとき、彼女はうろたえたり、後めたさにおびえたりしたのだろうか。それとも夫を憎みでもしながら開き直ったのだろうか。吏華を連れ去られたとき、彼女は悲歎にくれながら、老画家をどう怨んだのであろう。脱力したようなあの諦めの表情は、どれほどの時間をかけて、彼女に貼りついたのだろうか。そして娘と邂逅したとき、彼女は当惑しただけだったのだろうか。疲れたというのは、しまいこんでいた娘の映像と実際の吏華とが、あまりにも懸け離れていて失望したために、殊更なのだろうか。ただ気が合わないためだろうか。

しかし、母親は、吏華を迎える先に、すでに何物をもうけつける力をなくすほど疲労していたのかも知れなかった。

母親の苦汁を含んだような微粒を見ながら、ぼくはぬるま湯に長い間浸ってこめかみから汗を滲ませた。諦めなのか自己放棄なのかわからない、どこかゆるんだ表情の母親との、薄墨色にぼかしこまれるように物静かな会話に戻るのが、やはり、億劫《おっくう》であった。

翌朝、宿直室に入って来た吏華の母親は、すでに化粧を終えて、昨夜よりは美しく見えた。母親は、吏華が妻との同衾《どうきん》を禁じられて以来七カ月間、掛図や天体望遠鏡や幻燈機に囲まれて眠った教材室に泊ったのだった。

ぼくたちが朝食をとり始めた頃、朝の早い子ども達が登校して来て廊下がざわついた。ぼくは思いついて、子どもたちに紹介しましょうか、と言った。

「吏華ちゃんのおかあさんだと言ったら、みんなびっくりして歓迎しますよ」

「ええ……」

母親は気が乗らないようであった。

「でも、結構ですわ」

ぼくは、分校を訪れて、純朴な子どもたちに一応の愛想をふりまかない客はないのだが、と思った。話のつぎ穂がなくなって、朝食は少し気まずくなった。

妻がお茶を淹《い》れているとき、気のない表情で煙草をくゆらせながら、母親はぽとりと小石を池に投げ捨てるように言った。

「先生方、吏華を貰ってくれませんか」

えっと母親を見ると、昨夜のように、ゆるんだ表情のまま炬燵板の上にじっと眼をやっていた。

八

初対面の方と、真意をはかり兼ねたまま、同じ屋根の下に一夜を過すというのは、妙におちつかない気持のものでした。その上、吏華の母親という人は、まるでわたし共などとは懸け離れた生き方をしているように見え、老画家がこの人を魔女と呼んだのは、老画家自身さえどうにもならぬ懸隔を覚えた末の本音なのでしょうか、話していても、もどかしく焦点が合わないようで、灰色の濃霧《ガス》の中で、狐にでも引きまわされているような感じでした。

翌朝の、吏華を貰ってくれないかという申し出もごく無造作で、ほとんど投げやりと言っていいほどでしたから、これがこの人の訪問の真意だったのだとは思いながら、妙に重大な申し出を受けている実感が湧かず、何か遠いことのように聞いておりました。

お妾さんという感じのしない人でした。もっとも本来は由緒ある血筋の奥様だと言いますから、それは当然と言えなくはありません。頭を若づくりに断髪にし、静かに煙草をくゆらしながら、身の上話の合間に、だしぬけに、精神の自由、というようなことばをはさんだりするのですから、テレビや雑誌に登場する女性評論家風で、あるいは本人も、放埒淫蕩《ほうらついんとう》を尽したのではない、新しい生き方を実践した知性人だと、本気で自認しているのかも知れませんでした。

吏華を強奪されたのは、こちらから別れ話を切り出した時だと言います。老画家の子である吏華と、父親違いの姉とが諍《いさか》いをしたときの、姉の方を睨みつけた老人の憎々しげな視線が空怖ろしくて、別れる気になったということでした。別れ話の動機については、星沢老人は、母親が変な男に興味を持ったからだ、と夫に言っていたそうですが、わたしにはどちらが本当なのかわかりません。ともかく、自尊心を傷つけられるか、嫉妬に狂うかした老画家は、五歳の吏華を強奪して行方をくらましたのです。

数カ月狂乱してわが子を探し求め、立ち去ったばかりのところを探しあてて歯噛みをしたり、画家の車をみつけて一日中待ち伏せ、ほんのちょっとの隙に逃げられたり何度も無駄足を繰返して、やっと対決することができたのは、東京郊外のある農家ということでした。

「子どもの自由な選択にまかせようじゃねえか」

と老画家は居直ったと言います。

吏華は言いました。

「アタシ、オジイチャンガイイ」

母親は負け犬のように潮垂れて帰り、噴きあげる感情を殺すのに腐心した末、よくも悪くも、吏華は星沢老人によって生かされるより仕方がないと考えることで、思いを殺したそうです。あの、訳のわからない奇妙に物静かな表情は、そのようにしてやっと感情をおちつけた末に生れたものでしょうか。

「それでも吏華の不就学問題などを考えると、星沢への憎しみが動き出してきて、死んだところでお線香一本あげる気もおこりません」

夫が入浴している間、母親は少し能弁になっていました。

「だからといって、星沢と共に過した時間は後悔していませんわ。あれがなかったら、わたしの精神は死んでいました」

思うさまの生き方をして恥じない方にも、死んではならない精神というものがあるのだ、と思い知りました。わたしは、旧弊なわたしの母をはじめ、村の女たちの、ひっそりと自分をおしころした献身の姿しか見慣れていないのです。

「夫とは戸籍上別れていませんの。娘たちの戸籍をよごしたくないものですから」

これを言うとき、わずかですが、母親は、自分は世間並に娘のために努力しているのだと主張しているようにみえました。しかし、そのことはいくら考えても、辻褄が合うようには思われません。女二人の会話ですから、できるだけ共感を心がけてはいるのですが、やはりついてはゆけないと感じてしまうのでした。

翌朝になって母親が真の来訪の目的を告げたとき、夫は一瞬おどろいてから、即座に、それは無理です、と用意していたようにこたえました。

「家内はこらえ性があるからいい筈ですが、ぼくも疲れるんです。それから、手紙にも書きましたから繰返しになりますが、吏華は、おかあさんの手元で、幸福であろうが不幸であろうが、暮すべきです。肉親のいる家庭が吏華には必要なのです」

夫は前の晩からずっと曖昧な表情のままであまりものも言いませんでしたが、このとき、ふだんの剛直な夫に帰ったようでした。

実は、わたしには、母親が正式に助けを求めて来るようなことがあり、吏華が変わらずわたしたちを慕い続けるのなら、夫に叱られてでも、もう一度、吏華を引き取り直す相談を持ち出してもよいという気持がありました。それが、夫のいう、けもののように熱っぽい女の執着なのか、おろかしい教師の安手な感傷なのかわかりません。ただ、吏華のいじらしい泣き顔と、寂寥《せきりょう》に耐えているしおらしいたたずまいが、冷たい海の中に浮かべられた少女の像のようになって、いつのまにかわたしの中に住みついてしまっているようで、わたしにはとてもそれを振り払うことができないのです。吏華を引き取り直すことは、知らず、わたしの意思になっていたようでした。

しかし、吏華の母親の申し出を聞いたとき、わたしにはそれが遠い別の世界のことのように思われて、奇妙に実感が湧きませんでした。母親の辿った人生模様を、反撥をこめたり、ふしぎな思いに侵されたりして共になぞっている間に、わたしは慣れた手ざわりの生活からふっと浮き上げられでもしたのでしょうか、剛直な夫に必死にすがりつく気にも、無責任な母親を誹謗する気にもなれなくなっていたのです。結局、わたしは一言も意思表示をしないで控えていました。

母親は、夫のすげない拒絶に、何度も黙ってうなずいたあと、わかりました、ごもっともです、と言いました。静かに炬燵板をみつめる表情は、ほとんど変わっていませんでした。やがて、母親は気を変えたように夫に訊ねました。

「どっか、観光できるところ、この辺にありますかしら」

「観光をなさるのですか」

世にも不思議なことを聞くというように、夫は問い返しました。

「ええ、気晴しの保養を兼ねて出てまいりましたから」

「この辺の観光と言えば……」

夫は岬の突端の景勝とか、分校を更に奥に進んだ地区の鍾乳洞とかを紹介しましたが、明らかに気が乗っていませんでした。そして、無作法な吏華を前にしたときのように鋭く眼を光らせているのは、子どもの一生にかかわる問題と観光とを同居させてやって来た、母親の不謹慎をなじっているのであることがわたしにはわかりました。

呼んだタクシーで母親が帰ってから、わたしは友人の母と全く交歓できないでしまった分校の子どもたちの取りのこされた思いを、どう解消させたらいいものかと、あらためて思いました。母親は、わたしたちと一緒に玄関に見送りに出て、あどけないさよならをした我が子の友人たちに、小さな黙礼を返しただけで、一言も発しませんでした。

「やっぱり魔女かな」

宿直室に戻ってから夫は言いました。わたしは、タクシーの中のベージュのコートの痩せた肩を思い出しながら、あの人は、ああして我が子の貰い手を探すことに、これからもずっとかかり切りなのだろうかと思いました。

九

冬休みが始まったその日に吏華は泊りに来た。吏華を迎えるように、その晩から雪が降った。吏華は、はじめの二、三日、何かの鬱憤を晴しでもするように、終日校庭の南側の斜面で、ビニール袋にまたがって滑る、雪遊びに没頭した。浩記と和彦が最も熱心にそのお相手をつとめた。ぼくは勉強のことをやかましく言うつもりはなくなっていた。吏華の思うままに過させるつもりである。しかし、朝晩、吏華はとてもかいがいしく妻の手伝いをした。それは、同居時代の不承不承の仕事ぶりとは全く違っていた。

大晦日、分校の各部屋に、二人揃って、松をつけた注連縄《しめなわ》や御幣束を飾りつける仕事をしてまわりながら、夏休みからも一段とおちつきを増した吏華に驚いていたらしい妻が、

「どうしてそんなに立派になったの？」

と聞いた。

「むこうでは、自分のことは自分でやらなくちゃいけないの。おかあさんもおねえさんもきびしいんです」

吏華は踏み台を運ぶ役と、注連縄をぼくに手渡す役になっている。

「やっぱり、おかあさんの教育でないと、だめねえ」

どういうつもりか、妻はそう言った。途端に、吏華はグフッとくしゃみのような音をさせた。見ると、べそになっている。

「ことば遣いもよくなっている」

と、あわててぼくも褒めた。そのことばが届かぬうちに、吏華は素速く表情をこらえ直していた。ぼくは、以前、吏華が妻に慣れすぎて、ともすると下女のようにこき使うのに腹を立てて、女先生に対しても節度のある態度をとり、敬語を使うように命じた。ぎごちなく吏華はぼ

くの意図に副おうとしたものだが、吏華のことば遣いは、今は自然な節度をそなえているように見える。

「少しはいい子になってる？」

吏華はぼくに向かって言った。

「うむ、少しは」

「わあ、嬉しい。もっと頑張るわ」

しかし、ぼくはそれ以上吏華を喜ばすことばは続けなかった。ぼくの吏華に対する感情の被膜は、全く硬直をやめたのではなかった。だから、うそ寒い肉親との生活ながら、その中で懸命に自分を正そうと心がけてきたかに見える吏華のけなげな努力に対して、やさしいことばで親愛を表現し通すことが、まだできなかった。

正月の二日、ぼくはさりげなく吏華を初猟に誘った。

「一緒に雉子《きじ》撃ちに行くか？」

「はい、行きます」

「六時間ぐらいは歩く、それでもいいか」

「構いません」

吏華は早速身仕度を始めた。薄手の手袋をはめるのを見て、ぼくは、ぼくのスキー用の手袋をするように言った。

「いいえ、これでいいです」

「いいから俺のをしろ」

押しかぶせるように言うと、はい、と返事をして代えた。妻はいそいそと握り飯をつくり、みかんとチョコレートといっしょに風呂敷に包んだ。そして、肩からもう一方の腋の下に〝斜《はす》っこ背負《しょ》い〟に通して胸前で結んでやった。

雉子、山鳥のおどろくほど少ない年である。葛の繁みや杉林の暗がりで成長していた雛たちが、去年の長々と続いた炎暑によって、腐乱したのではないかと思われるほど、鳥の影はうすいのだった。獲物はあまり期待できなかったが、しかしぼくは一日を吏華と歩けば、それでよかった。

外に出ると、吏華が来た晩に降った雪が田畑をのっぺり覆って日にきらめいていた。風が時折吹いて、上に薄く乗っている柔かい雪をまきあげ、各所に白い紗《しゃ》を張ったが、猟の日和としてはおだやかな方であった。分校の子どもたちがよく屯《たむ》ろする土橋から、川に沿って雪を鳴らして遡《さかのぼ》りながら、赤いヤッケに斜っこ背負いの少女を伴った狩猟というのは、妙な風景かも知れないと思った。

雪の雑木山のそばにうずくまる民家の蔭にも雉子、山鳥はひそんでいることがあった。鄙《ひな》びた木羽葺《ぶ》きの家の前を二人で通ると、薄暗い奥の方から、きょうは娘さんと一緒スか、と声をかけられた。

犬はぼくの道順を覚えていて、せっせと匂いを探していたが、ポイントという、鳥の所在を知らせるものものしい構えをすることが、ついぞなかった。それでも杉林や雑木山に分け入った犬が見えなくなると、ぼくは銃を胸前に抱えて待機した。諦めたり、高をくくったりしているときに限って、あでやかな羽を光らした山鳥や雉子は、不用意なハンターの目前を素速く飛び去ることがあるのだった。

銃を構えるたびに吏華はぼくの真後に立って息をつめた。しかし、何度待ち構えても獲物は姿を見せなかった。いない、やっぱりいないと、せっかく連れ出した吏華に弁解するように言いながら、銃を下して歩き始めると、吏華ははじめてほっと息をついてあとに従うのだった。

草地造成をした丘にも、灌漑《かんがい》用の溜池の枯れ草の蔭にも、渓流のほとりにも鳥はいなかった。

昼近くになると、空は変わらず深く晴れていたが、風が強まって林を鳴らした。こうなると、もし鳥がいたとしても匂いが飛散して、犬は獲物の探索がむつかしくなる。風をよけて炭焼小屋に入りこみ、早目に昼食をとることにした。

中に腰をおろすと風の音が遠くなった。しめっぽくこもる木醋酸《もくさくさん》の匂いの中で、倦きたろう、とぼくは言った。

「いいえ、倦きません」

「疲れないか」

「平気です」

吏華は鼻を押しつけて分け前をねだる犬を腕で押しやって、おにぎりをかばっていた。まだ若いポインターがしつこくせがむと、

「レオ、だめ。ほんとに行儀が悪いんだから」

と他愛なく本気の声で叱った。

「袖浜の暮しも、猟のない鉄砲うちみたいなもんだ」

食べながら、ぼくは言った。

「お前はおもしろいことを期待しているかも知れないが、何かがありそうで結局何もない。単調なのだ」

「でもあたし、袖浜が一番好き」

無邪気に疑いを入れない調子で吏華は言った。

「袖浜で暮したいか？」

「うん、でも無理なんでしょ？」

「まあ……」

「いいわ、なりゆきにまかせるより、仕方ないんだもん」

無理、というのは、ぼくが母親の申し出を断ったときのことばではなかったか、と思い返しながら、ずいぶん素直になったんだな、と正直な感想を洩した。

「だって、このようなことは大人の領分だから、子どもはそれに従うより仕様がないって、先生、おっしゃったでしょ？」

「それはそうだ」

ぼくは、居心地のよい所だけを嗅ぎまわる吏華の浮浪性を嫌って、住む場所は子どもの意思では決められない、大人の判断に従うべきだと指導していた。

「社長さんの方はだめでも、やっぱりどこかへ貰われて行きそうか」

「はい」

「構わないのか」

吏華はだまって思いをあらためるようにした。薄暗い小屋の中におちついてしまうと、風がおめきあげるときと、鳴りを静めるときの差が、くっきりと聞きわけられた。

やがて、おかあさんがね、とチョコレートをかじりながら吏華は言った。

「あんたは五つのとき、おかあさんじゃなくて、おじいちゃんを選んだのよ、と言ったの。あたしもそのこと覚えてる。だから仕方ないんだって」

「……」

「自分で選んだ道だから、おかあさんのそばに居れなくとも納得しなさいって」

「お前もそう思うか」

とぼくはくすんだ声を出した。

「ええ、おじいちゃんを選んだのはたしかなんだから、仕様がないんじゃない？」

敬語でなくなっていたが不自然ではなかった。

ぼくは、立ち上がって黙って握り飯とおやつの一部が減って、めっきり軽くなった風呂敷包みを、妻がしたように吏華に背負わせた。吏華は不器用なぼくの手が結びやすいように、あどけなく顎《あご》を上げて、白いのどを見せた。

炭焼小屋を出て雑木山を降りると小さな渓流で、戻り道のぼくの狩猟コースはそれを左右に何度も徒渉して遡って行くのだった。吏華のブーツは、川を渡るにはいかにも華奢《きゃしゃ》で丈がなかった。薄く川中の石をこえて走っている流れに脚を立てると、そのブーツはすぐに清冽な水を口元までこみ上がらせた。それでも徒渉の経験のない吏華は、頓着せず加減のない渡りかたをするので、いつGパンを濡らすかと気づかわれた。三度目の徒渉個所には、少し深い澱みがあった。それでぼくは銃を吏華の肩に掛けようとした。

「どうするの？」

吏華は怪訝な顔をした。

「お前を背負って渡るのだ」

「大丈夫よ」

と吏華は銃を押し戻した。

「ひとりで大丈夫」

そしてあぶなっかしい足取りで、そのくせせっかちに石を伝い始めた。

「急ぐんじゃない」

「平気」

「ちゃんと足場をたしかめるんだ」

そのことばが終わらないうちに、吏華は平衡を失った。そして流れの中央にしぶきをあげてぶざまに四つん這いになった。わあ、やっちゃったと言って起き直ると、ざぶざぶと膝まで浸って戻った。

「どうする。学校までは、あと二時間はたっぷりある」

「平気」

と吏華は言った。Gパンもヤッケもずぶ濡れになっている。ぼくは、兎撃ちで足場を定めるときのように、岸辺の雪をまるく踏み固めて吏華を立たせ、脱げ、と言った。

「いいの、大丈夫」

「脱ぐんだ」

Gパンを脱ぐためには、ファスナーで締めているブーツを先に脱がなければならない。吏華の細い指では、湿ってきつくなったファスナーはおろせなかった。足元にかがんで、ぼくは靴をぬがしてやった。ごめんなさい、と吏華は言った。

「寒いだろう」

「いいえ、平気」

平気というのは、都会の学校の流行語だろうか、ぼくには吏華のけなげな我慢に聞えた。

松林か杉林なら、雪に埋まった枯葉を引き出してでも焚火をすることができるのだが、雪の雑木林を割った渓流のほとりには、燃やす材料がなかった。ひょろ長い木が寒々しく立っているだけの雑木林は、いまいましいほどがらん洞で、こんもりとした雪で肌を鎧《よろ》っていた。

張り詰めた返事とはうらはらにすでに蒼ざめていた吏華に、ぼくはハンティングシャツを脱いで着せかけ、雪の上に立たせたままGパンをしぼった。重く水気を吸い取ってしまっている荒い布は、ちょっとしぼったぐらいでは雫を生み出せなかった。片方を股にはさんでやっとしぼり出した。ヤッケもそうした。

次の徒渉から吏華は素直になった。斜っこ背負いと逆の角度に銃を背負わせ、脚の長い吏華を引きずるようにおんぶした。ごめんなさい、先生、と吏華は背負われるたびに言った。じっとりと重い六年生の吏華のからだは、しめった衣服を通して、ぼくの背中に柔軟な肌ざわりと、こもるような体温を伝えた。足元に気を配って二人分の重量を支えながら、ぼくは一足一足慎重に石を踏みしめた。最後の徒渉のとき、吏華はまわした腕に可憐な力をこめ、頰をぼくのうなじに寄せた。

民家が見え始めると、向い風の中をぼくたちは泳ぐように走った。風は粉雪を含み始め、ときに突風となって野面を駈けめぐって白煙をあげた。冷たい雪の粒が痛く眼や頰をうち、あおり上げる風が呼吸をはばんだ。ぼくたちはときどき後向きになり、風によりかかるようにして背行した。土橋にさえ行きつけば、分校は一息だ、と思っていた。

親もどき〈小説・きだみのる〉

一

「ね、おかあさま」

裕美は妻に呼びかけた。

「あした、家庭訪問だって……」

「そう」

妻は繕い物の手を休めずに気のない返事をした。

「夕方六時過ぎなら父も母もいますって言ったの。いいでしょ？」

「いいわよ」

妻は裕美の転んで膝の部分のすり切れたトレパンにアプリケをあてていた。母親の反応に物足りないのか、裕美はこんどはわたしを振り向いた。

「ね、おとうさま。いい？」

「いいさ、六時過ぎなら」

わたしは寝床に腹ばって、学校から持ち帰った年間教科時数計画の仕事をしていた。中学生になったばかりの裕美は、やりかけの英語の予習に戻ったが、すぐにまた後ろをふりかえった。

「お酒出しますって言ったの。いいでしょ?」

「何だ、そんなことまで言ったのか」

「だめ? 悪かった」

「悪かったっていうほどではないが、生徒の言うせりふじゃないだろう」

「そう……」

裕美の部屋は、二階の広い廊下をサンルームのように改造しただけのもので、わたしたちの仕事場兼寝室と、障子一枚で仕切られている。だから、障子をあけると三人一緒の部屋になるのだ。

机に向き直った裕美の後姿を見て、この子はどうも生徒に似合わしくないことばを、口にしすぎる、と思った。でも、一応、精一杯の善意で担任を接待したつもりなのかも知れない。

黙りこんでしまった裕美を慰めるつもりで、

「まあ、気にするほどのことじゃない。どうせ俺も、久し振りに碁友達と酒を飲みながら、お前のことについて話し合ってもいいと思っていたんだ」

と言った。

「そう、あの先生、碁もやるの？　どっちが強いの？」

裕美も明るい声になって教科書を放り出し、わたしの側に寄ってすわった。

真新しい大きめの制服が、まだ呉服屋の匂いを残していた。図書委員会の仕事で遅くなったという裕美は、夕飯が終わっても、まだ着替えをしていないのだった。胸につけた白いプラスチックの名札には、一年五組、佐々木裕美とゴシックで彫りつけてある。

裕美は「佐々木」という苗字になったばかりであった。一カ月半ほど前のお雛様の日に、わたしの養女になったのだ。

「今じゃ、お前の先生の方が強いだろう」

「何段？」

「この前沢町の初段だそうだ」

「おとうさまは？」

「衣川村の初段」

「衣川の方が弱いの？」

「まあな」

わたしは相手をやめて仕事に戻った。

衣川というのは、弁慶の立往生で名高い川の流れている、岩手県の衣川村のことである。わたしはそこの村の奥の大森分校に常直という形で寝泊りし、妻と二人で、この三月まで教鞭をとっていた。

十四年前、わたしたちは今住んでいる前沢町の生家から十五キロばかりのその分校に荷馬車で赴任した。結婚以来十年のわたしたちには子どもがなかった。村人たちは濁酒《どぶろく》もまじった歓迎会の席上で、

「此処ァ、舞台が良ェ《え》から、子どもなんかすぐ出来ァす」

と慰めたが、実は妻は極端な子宮後屈であった。その上赴任して二年目の冬には、筋腫ができて子宮を切り取らなければならなかった。

盛岡の赤十字病院のベッドに、妻は母になれなくなったからだを横たえて昏睡し、わたしはベッドの脚に背中をもたせかけて、もはや自分の子どもは持てないという思いをおし殺すのに懸命だった。医者は、切り取った肉塊を見せてもいいと言ったが、見る気にはならなかった。一晩かかって、わたしはやっと自分の子孫への執着を断ち切った。

退院の前日にどっさり雪が降った。妻は馬橇《そり》に仰向けに寝かされて山道を分校へ戻った。途中、薄い日射しが曇り空を縫い、妻の黝《あおぐろ》い顔を照らした。時折、雪片が花びらのようにただよいながら吹き寄せられてくることがあった。わたしは妻の枕元で、顔にのっては溶ける雪片を

ぬぐってやりながら、子どもはいらない、養子も貰うつもりはないと、手術の夜にたしかめた決意を反芻《はんすう》した。

村人たちは、こんどは、

「なあに、先生にァ、三十人も子どもあるもん」

と慰めた。

その子どもたちと、わたしは春にはわらび取りに出かけた。夏は渓流で岩魚を釣り、秋はしめじや香茸などの茸をあさった。用務員と共に留守番をすることの多い妻は、たいてい手づくりのおやつを用意して待っていた。村の者から届けられた甘粥《あまがゆ》が温められていることもあった。

わたしたちの子どもは、赴任して五、六年目ごろから急速に減少を始め、八年目には当初三十八名だったものが、二十名を割った。離農者があったばかりではなく、二人しか子どもをつくらぬ風習が僻村にも流行しており、その上、嫁が新しく来ることがほとんどないのだった。

分校学区は、まぎれもなくさびれようとしていた。わたしは児童数が二十人を割ったとき、分校に新しい活気を吹きこむ意味をこめ、郷土芸能の神楽を課外学習として採りいれた。生真面目な子どもたちは、すぐに上達してすぐれた舞い手になり、たちまち近隣にもてはやされた。地方局ばかりではなく、東京のテレビ局にも、数度招かれて出演するようになった。

しかし、舞い手たちは、つぎつぎに卒業し、入学生はいつも心細いほど少なかった。赴任して十三年目、つまり一昨年には、児童数が六名になっていた。廃校さえもがささやかれていた。そのとき、編入生があった。裕美である。裕美は放浪作家きだみのるに伴われて分校にやって来た。そのとき十一歳だった裕美を、きだみのるは「知人の子です」と紹介した。

二

きだみのるの作品は、少年時代に「群像」に載った「日本文化の根底に潜むもの」を読んだだけであった。その作品から、わたしはきだみのるを何となく、村に逼塞している小柄で柔和な文学者だと想像していた。逢う少し前に童女を伴った放浪をしながら岩手に来ていることを新聞の地方版で知ったが、柔和な文学者の印象に変わりはなかった。

前沢町で書店を経営している友人から、きだみのるを紹介したいという電話があったとき、わたしは咄嗟に「日本文化の根底に潜むもの」を思い出した。文学少年時代だったら、こちらから町へとび出してでも逢いたい相手であった。しかし、わたしは答をしぶった。

「きだみのるといっても、よほどの歳だろう」

「七十九歳」

と書店主はこたえた。わたしもすでに四十三歳であった。

「もう、現役とは言えないだろう」

「いや、『旅』に連載中だよ」

「しかし……」

分校は客が多かった。数年前に農村集団電話がひかれてから、電話を借りに来る者は三分の一ほどに減ったが、分校は切手売捌所にもなっていた。切手を買いに来る村人や、玄関わきに備えつけられている、学区内に一つの郵便ポストに便りを投函しに来る者が毎日あった。その村人たちは、例外なしに職員室や宿直室でわたしたちと話しこんだ。書類の代筆を頼みに来る者もあったし、ときにはこっそりと妻に借金を申し入れる者もあった。

それに加えてわたしの友人が絶えなかった。飲み友達、同窓生、碁仲間、神楽人、鉄砲撃ち、読書会の会員、文学中年たち――。村の中心部から分校に通じる道路が、妻の手術の頃にくらべて二倍ほどにも拡幅されると、自動車の普及もあって、来客はふえた。分校はもはや昔言われた「陸の孤島」ではなくなっている。

「断るよ」

わたしは結局そう言った。疲れていた。

「しかし、約束してしまったんだよ、きだみのるに……」

「……」

「頼む。いずれ、あすかあさって」

書店主は電話を切った。

彼は高校時代わたしの一級下であった。だからきだみのるの紹介は、文学好きだったわたしへの友情によるものかも知れなかった。また客か、と宿直室に戻りながらわたしは声に出した。きだみのるが訪れた夕暮、校庭の隅にはうつぎがピンク色の花をしなだれさせていた。その花は五月の田植時分から七月始めまで、山村の湿った空気の中に、匂いを放ちながら咲き続けるのだった。

夕闇の中を校庭に入って来た車は、くすんだ黄櫨《はじ》色のグロリアだった。それは教習所を走る初心者の車のようにのろのろと旋回し、校庭の中央に停止した。自動車での訪問客で、そのような停め方をしたのは、それが初めてであった。

車からは、きだみのるより先にミニスカートの少女がとび出した。そして迎えに出たわたしたちには目もくれずに、わあ、これ面白そう、と歓声をあげ、玄関の脇に立てかけてあった子どもたちの竹馬に縋《すが》った。それが裕美であった。

きだみのるが車から降り立ったのは、同乗して来た紹介者の書店主がわたしに挨拶を終え、裕美が竹馬でよろけて数回膝小僧を地面に打ちあてたあとだった。

きだみのるは思いがけず長身でベレー帽をかぶっていた。やや肩をすくめ、首をのぞかすような姿勢で歩いた。わたしの前に来ると、や、と言い、勝手知ったように玄関を入って行った。手に外国ものらしい酒の罎《びん》を下げている。書店主は、

「あとで小山先生も来る」

せっかちな口調でわたしに言うと、きだみのるのあとを追った。

宿直室にはまだ炬燵が置いてあった。奥羽山脈の麓になっている渓流沿いの村は、朝夕の冷えこみがきびしく、梅雨が明けるまで炬燵がはずせなかった。

ぬくもった炬燵に足を入れて向かい合うと、皺の無数に刻みこまれた細長い顔は、十年ほど前に死んだわたしの祖父に似ていた。眼の下がたるみ、飴色の眼鏡の奥にある細い眼は、逆三白眼で時折鋭く光った。それは知性の光というより、癇癖の迸《ほとばし》りのように見えた。垢でよごれた焦茶色のベレーはかぶったままだった。

話題ははずまなかった。きだみのるは、文学の話よりも、政治の、しかも裏話を好んで話すのだった。

「それでわたしは片山哲に進言したんだな。フランスの……中心……社会党でなかったかな、その……」

きだみのるは、持参したフランスの焼酎というのを少しずつ舐めながら言った。口ごもるのは、単語を度忘れするためのようであった。妻は、炬燵板の上に、山菜のおひたしや、烏賊の

塩辛や、岩魚の塩焼などを用意していたが、きだみのるは手を伸ばし、長い指で中央の大皿に盛ったレタスを抓んだ。塩をつけ、それだけを食べるのだった。

「その……人民……なんとか新聞の如きものを作って、社会党のイデオロを浸透させろ。今の政権は社会党がとったんじゃなくて、あくまで、腹を搔っさばいた陸相阿南の秘書が……」

きだみのるの声は少ししわがれてかぼそくふるえていたが、老人のわりには高音だった。書店主は律義に相槌をうっていたが、わたしは退屈した。

「そしたら、あのう、何と言ったかな……。ハラ……」

「原彪《ひょう》ですか」

と書店主が助け舟を出した。

「そう、原彪と一緒にお前が編集をしてくれんかと言うんだな。わたしぁ、そりゃ困る、わたしは自由人だから、ときには社会党の悪口も言わなきゃならん。だから政党の片棒かつぎはできんと断った」

「自由人って、その頃は何を……」

わたしはやっと話の仲間入りをした。

「ああ、新聞記者です。アテネフランセでフランス語の教師もやりましたよ」

「以前から評論家だとばかり思っていました」

「いやあ、今は作家です」

「作家ですか」

わたしはきだみのるの小説はそれまで読んだことがなかった。

「まあ、どっちでもいいんだが、作家だっていうと、評論家より原稿料が高いんです」

ほんとうにそうなのかな、とわたしは思った。

竹馬に倦きておとな達の間にわりこんできた裕美は、ひとしきり、手づかみでレタスを頬ばっていたが、やがて持って来た漫画本を手にとった。読むというより、眺めているという感じであった。鼻の悪い子のように小さく口をあけ、順序にかかわりなくページの左右に眼を走らせてはせわしなくめくるのだった。時折、少し釣り上がった眼で獲物をねらうように炬燵板の上の料理を見まわし、塩辛や鮎を手づかみにした。気がつくと、口に運ぶ前に、かならず匂いを嗅いでいた。色白で目鼻だちもととのい、ふと気品さえ感じさせる容貌なのだが、動作がそれに全く似つかわしくなかった。

「お孫さんですか?」

話のとぎれめに妻が訊いた。

「ええ……」

きだみのるは少し間を置いて、

「知人の子です」

何かを切り捨てるように言った。その短い間《ま》のうちに、めんどうな事情を蘇《よみがえ》らせて即座に蓋をしたという感じであった。

わたしは、酒を、と妻に促した。秘密があってもなくても、互いの家庭の事情をさぐり合う興味はなかった。

わたしはズボンをぬいであぐらになった。酒がまわると足がほてるたちであった。その上、せまい宿直室は三人の客を加えて熱気がこもっていた。

「先生もどうぞ」

と、くつろぐことをすすめると、きだみのるも立ち上がってステテコ姿になった。そして、長すぎる脚をもて余すように組み、乾いて光る脛を平手でたたいた。

「わたしぁ、飲むと足が熱くなるんですよ」

どうやらわたしと同じ体質のようであった。

「お若いんですね」

「ああ、まだ立つ」

裕美は聞えないように漫画に眼を光らせていた。

きだみのるに対する小さな畏敬が湧いたのは、高校の先輩である、小山という若い小学校長が座に加わってからだった。彼は前沢に住み、町の読書会の世話をしていた。そして、座につくなり、きだみのるが「昆虫記」の訳者だと言った。

「ファーブルの昆虫記ですか？」

わたしは少し頓狂な声を出した。

「そうですよ。山田吉彦という本名で訳していらっしゃる」

小山は、後輩のせまい見識に少し驚いたようだった。へえ、とあらためてわたしはきだみのるを見た。きだみのるは何事もないようにフランスの焼酎を舐め、ありゃあ、共訳ですよ、と言った。

「アテネフランセの先生もなさってるし、日本よりもフランスの方がおくわしいんですね」

わたしは、少年時代、フランス文学に憧れたことがあった。

「日本よりくわしいってことはないが、七年ほどはいたかな」

「日本文化の根底に潜むもの」からも、評判だけ聞いている「気違い部落周游紀行」という標題からも、流暢にフランス語をあやつっているきだみのるは想像されないのであった。

小山は「昆虫記」のほか、捕鯨船に同乗した記録の「南氷洋」、小説の「マルと弥平」、訳書の「社会学と哲学」、それから林達夫との往復書簡などについて、熱心に問いかけた。訊ねられるたびにきだみのるは、ああ、そうです、とか、わたしぁ文章はだめですよ、とか、気負いの全くない調子で受けこたえをしていた。

このころになって、書店主はやっと紹介者の面目が保てたように、

「探険家的でもあり、村落研究家であり、社会評論家であり、翻訳家であり、作家であり、……何というか、つまり、頭脳なんだなあ」

と言った。

「わたしぁ、頭が大きい」

そう言ってきだみのるはベレー帽をとった。まばらに銀色に光るいがぐり頭は、ますます祖父に似ていた。

「頭なら、ぼくも大きいですよ」

わたしは短軀の上に頭でっかちであった。

「いやあ、わたしの方が大きい」

ベレー帽をかぶってみると、なるほどぶかぶかであった。額の広さから見ると、そう大きくは見えない。鉢が大きいのではなく、前後に長いのだ。

「わたしぁね、中学の成績は鹿児島県で一番だったんですよ」

頭の大きさと成績とが比例すると信じこんでいるようであった。

それから相変わらず少し高音のしわがれた声でつけ加えた。

「三島由紀夫はね、わたしと並びたがらなかったんです。奴はね、背が小さいんだよ」

このとき、きだみのるは少し得意気に笑った。歯がまばらだった。

「あたしも脚長いのよ、ほうら」

漫画を眺め終わり、炬燵板の上の料理をあさりつくして退屈し始めていた裕美が立ち上がった。ピンクのミニスカートの下の脚は、たしかに山村の子らと異質なしなやかさで伸びていた。

「わあ、エッチよ、おじさん」

裕美はわたしにとびついて肩をぶった。

「何が」

「そんなに女の子のこと、みつめないで」

「みつめやしないよ」

肩にのしかかられて、酔いのさめる思いがした。

「女先生とピアノでもひいて来なさい」

わたしは熱っぽい裕美のからだを押しのけた。すでに居ねむりを始めていた妻は、裕美にゆり動かされてびっくりして眼をあけ、ひきずられるようにピアノの置いてある講堂へ行った。

「お孫さんですか？」

知人の子だと紹介したことを知らない小山が訊いた。

「ええ、まあ……」

きだみのるは、今度は知人の子だとは言わなかった。

「娘さんかどなたかの……」

「ええ、あれの母親が変な商売を始めましてね」

放埓な娘がいて、水商売でも始めたのであろうか、とわたしは想像した。そのとき書店主が言った。

「学校に入っていないんですよ。だが利発で奔放、そりゃあ快活な子です」

わたしはびっくりした。

「何で学校に入ってないの？　一遍も？」

「わたしぁね」

きだみのるが答をひきとった。

「日教組がきらいなんです。小林と言ったかな、日教組の親玉は。四国であれと喧嘩しましてね。それで入れません」

「はあ……」

義務教育を欠くことができるはずはない。肢体の極度に不自由な子どものためには、就学猶予という措置がとられることはあった。しかし、裕美は背が大きくみるからに健康そうであった。

「五、六年生と思っていましたが……」

「それが無年生なんだな」

書店主は、てらてらと顔を光らせ、さも愉快そうであった。

しかし、わたしは衝撃をうけていた。今の世の中で、十一歳まで未就学のままでいるということがあり得るのか。ユニークな作家であるからといって、少女を学校に入れないという横暴が許されるのか。日教組が嫌いだから、という理由も腑におちなかった。

わたしは、それからの話題には調子を合わせるだけになった。

ピアノをやめて裕美が炬燵に戻ったとき、わたしはかなり酔っていた。

「どうです、きだ先生」

とわたしは言った。

「このお孫さんを、分校に留学させませんか」

「ああ、そうしようか」

あっさりときだみのるはこたえた。

「これはおもしろい」

書店主はますますのっていた。

「きだ先生、理想的な教育環境ですよ、ここは。それに国語教育がすばらしい」

「決してすばらしくはありませんが、少なくとも外部から拘束されない教育はできます」

わたしは酔っていながら、きだみのるの気に入りそうな言い方を心がけた。

「そう、教育は君、自由でなくちゃあいかん。それから、具体的観察的である必要があるな。魚を教える場合にはだね。魚屋に行って魚を観察さすべきですよ。それから食わせりゃあいい。それで魚はわかるんだなあ。日本の教育はね、本から入って行こうとする。こりゃあ順序を間違えとるですよ」

そのあと、話題はきだみのるの放浪のことにうつった。停滞することが好かんので放浪をしている、ということであった。

小山が言った。

「行く先々には、先生の気随気儘な生活を羨しがる者もいるでしょうね」

「ああ」

きだみのるは少し威勢がよくなっていた。

「羨しがるうちはいいぜ。わたしのようになりたいって言やあがる」

思わず小山もわたしも笑った。

「無理だよなあ」

言いながら、きだみのるはこのとき心をほどいたようであった。

小山と書店主がタクシーで帰ると、きだみのるは、じゃ、やすまして貰おうか、と立ち上がった。ステテコにポロシャツのきだみのるは、たいそう大男に見えた。ずいぶん飲んだにもかかわらず、酒には酔っていなかった。

妻があわてて講堂の西側にある教材室へ蒲団を敷きに行った。来客があると、いつもその部屋に泊める習慣であった。

「二時間ほど寝たら仕事をします」

きだみのるは言った。

「これから執筆なさるんですか？」

「ああ、二時間書いたら、また二時間寝る」

きだみのるは、踵を押し出し、足の爪先を持ち上げるような歩き方で宿直室を出て行った。

待っていたように裕美がにじり寄ってきた。そしてわたしの首に両腕を巻きつけ、半ば茶化すように言った。

「ね、あたしの留学の話、どうせ本気じゃないんでしょ？」

「本気さ」

分校の子どもたちは、精一杯甘えるときでも、このようにねっとりからみつきはしなかった。

「あんたも寝なさい」

腕をふりほどこうとした。しかし裕美はいよいよ力をこめてわたしの首にしがみついた。

「ね、ね、おじさん聞いて。あたし、入ってあげてもいいのよ」

「何だ、あげてもいいって？」

わたしは裕美の顔をあらためて見た。眼を釣り上げた、白い孤児の表情になっている。このとき廊下にきだみのるの足音が聞えた。

裕美はあわてて立ち上がった。

「ね、ほんとうに入ってあげてもいいからね」

戸口でふりかえり、念を押すようにそう言うと、きだみのるを追って講堂の方へ駈け出して行った。

三

入学したくてたまらないのに、ひねこびたせがみ方しかできなかった裕美は、翌日、妻に必死になって言ったという。

「ね、おばちゃん、廊下にでも台所の隅にでもいいからあたしを泊めて、この学校に入れて！」

それを聞いた途端から、わたしは裕美の入学に本腰を入れる気になった。きだみのるがどのように勝手な気炎をあげて学校教育を否定しようが、十一歳の少女は人並に学校に入りたくてたまらないのである。わたしは癇癖の強そうなきだみのるの機嫌をそこなわないように気づかい、ほとんど卑屈になってきだみのるの諒解をとってから、裕美のための手続きを始めた。

本校の校長、教頭と打ち合わせること、教育委員会や教育事務所と連絡して指示を受けること、裕美の戸籍抄本を取り寄せること、裕美の知能テストや標準学力テストを試みて編入学年を決めること、裕美の住民票を大森分校に移してわたしの寄宿人とすること――。きだみのると同居する自信はなかったので、彼には、前年母を亡くして以来空家になっている、前沢のわたしの生家に住んでもらうことにした。大森分校からは車で二十五分の距離である。

この手続きを通して裕美がきだみのると戸籍上の関係が全くないことが判明したが、それについてきだみのるは、

「ある女がわたしに興味を持ちましてね。ミミはそのときの子ですよ。女は亭主と別居中だったが、籍は抜いていなかったんで、ミミをそのまま亭主の戸籍に入れちまったんだな」

とうちあけた。孫ではない、れっきとした子どもだというのであった。

裕美を連れ歩くようになったのは、その女が更に他の男に興味を移したのに激怒したからだ

という。とすれば、裕美を入学させなかったのは、女とのいさかいに端を発していることになる。教育論に基づくものであるかのように言い繕っていたのは、きだみのるなりの韜晦《とうかい》であったのだろうか。

しかし、そのような事情にかかずり合うことよりも、一日も早く裕美の学籍を確定させるのがわたしにとっては問題だった。

裕美の住民票は群馬県の母親のところにあり、本籍は東京都であった。連絡には日数がかかった。その間きだみのるは、大森分校と、それまでの居候先である、岩手県沿岸部の大船渡《おおふなと》という町の医師宅との間を往復していた。それには裕美を伴うことも、裕美をわたしたちに預けてひとりのこともあった。やがてきだみのるは、わたしたちが裕美を養女にしようと企んでいると疑った。わたしは、今は煩瑣な手続きで忙しいのに、と苛立ちながら、養女にしようなど思ってもみたことがない、ただ本能的な教育衝動で自分は動いている、ということを中心に、便箋十五枚の手紙を書き、大船渡市へ速達で出した。妻が子宮を切り取って十二年、わたしたちは養子とか子孫とかについて考えることをやめていた。それにしても、これではいつきだみのるの気まぐれによって裕美の入学がふいにされるかわからないと、わたしは手続きが済まない間、気持のおちつくことがなかった。

きだみのると裕美とが戸籍の上で無関係であるために、保護者は母親の名を使わなければならないという問題と、裕美を年齢どおり六年生にするか、実力を回復するための余裕をみて一級下の五年生にするかの問題がのこったままで、きだみのるの引っ越しの日が来た。初めて逢った宵から、半月ほどたっている。このころになると、きだみのるは、

「おい、わたしはどうも捕虜にされるみたいだな」

と言うようになっていた。

先にトラックで荷物を運び、夕方、きだみのるは自分で車を運転して来てわたしの生家におちついた。

きだみのるを迎えたのは、彼を紹介した書店主とわたしたち夫婦の三人だけだった。小山校長や読書好きの教育長が町内にいたけれども、その人たちを引き合わせると、きだみのるが毎晩のように押しかけて迷惑をかけそうな気がしたので、招待しなかった。

裕美は大森分校へ直行する別のトラックに乗せられて行っており、用務員の女の子と分校に泊るつもりで山から下りて来なかった。

わたしはきだみのるに歓迎のメンバーが少ないのを詫びた。

「構いませんよ」

きだみのるはこだわっていなかった。

わたしたちは、きだみのるが大量に浜から仕入れてきた「ほや」を肴に酒を飲んだ。飲みな

がらわたしは、賄は表のパーマ屋のおかみさんにやらせる、と言った。掃除も洗濯もそのつもりであった。

「いいえ、いりません。みんなひとりでやります」

ときだみのるは断った。

「ひとりでなさるんですか」

炊事をしたことのないわたしは驚いて聞き返した。

「他人の料理は口に合わんのですよ」

そして、立って行くと引っ越し道具の中から柄のついた鍋をとり出し、米を入れた。

妻がガスレンジの使い方を教えた。きだみのるは、何度もスイッチを逆にねじったり、火を細めすぎて消したりした。

「水の量が……」

と妻は言った。

「いや、これでいいんです」

きだみのるは自信に満ちた顔で座に戻った。

わたしは高村光太郎を連想した。戦後のある時期、高村光太郎は、前沢町から車で一時間半ほど北の、山奥の庵に独居自炊して、「典型」などすぐれた詩をものしていた。きだみのるの放浪の精神には、高村光太郎のように孤独で雄勁な詩人の魂が息づいているのかも知れない。

「あんたも文学やってるんだって？」

「いえ」

わたしは羞じた。わたしは年に一度か二年に一度、文学雑誌の懸賞小説に応募しては落選をくり返していたのだった。

「昔のことです。もう諦めています」

「文学はね、君」

きだみのるはかまわず言った。

「体力だよ、結局」

そうだろう、と思った。物語も表現も、体力と執念とがなければ浮かび出て来ない気がしていた。

「ごはんが……」

と妻が言った。少し焦げる匂いがした。

「いや、構わんのです」

きだみのるはすわったまま自分の持って来た焼酎を舐めた。

「体力、精力だ」

「やっぱり水が……」

と妻は立ち上がりかけた。

「足してさしあげましょうか」

「うるさいんだよ！　君は」

きだみのるは妻を睨みつけた。

酔いがまわると、書店主はかしましく喋った。きだみのるは鍋に入ったままの焦げついた飯を、スプーンですくって食べた。水気のない、玄米飯のようなごはんは、きだみのるの口元からぽろぽろとこぼれた。

疲れていたわたしは、ひとり先に二階に上がって床についた。うつらうつらしているとき、また怒声があった。怒声を聞きながらわたしは眠った。

翌朝妻から訊くと、こんどは書店主が、

「火があぶないから、念のために火災保険だけは、きだ先生の責任においてかけておくべきです」

と言って怒鳴られたということであった。

四

朝、山の分校に戻ろうとしたとき、きだみのるは書きかけの原稿をおいて立ち上がり、

「頻繁に飲みに来てください」

と言った。はい、と返事はしたが、わたしはあまり一緒に飲む気持にはなれなかった。きだみのるの関心は、政治の裏話や食物のことに集中しているようで、わたしの興味とは縁がなかった。歯切れの悪い口調で古い思い出話などを脈絡なく語られると、背中がむず痒くなるような感じにおそわれ、じっと聞いているのが苦痛だった。

妻は一度怒鳴られて腹が据わったように、

「わたし共は家賃も何もいりませんが、掃除をするパーマ屋のおかみさんには、ときどきお手当を上げて下さい」

と言った。

「いや、必要ありません」

と、きだみのるはこたえた。

「人間の気持は金じゃないんです。金でないお礼をします」

分校への帰り道、妻はひとこともきだみのるのことを口にしなかった。金田一京助の乳母であった厳しい祖母に礼儀を仕込まれた妻は、きだみのる流の傲慢で放縦なふるまいになじめないようであった。その上怒鳴られたのだから、ことさらによそよそしい一線を画したようである。

分校に着いたのは、そろそろ子どもたちが登校してくる時刻だった。用務員が怒ったような顔をして玄関を掃除していた。

「裕美ちゃんは？」

と妻が訊いた。

「いくら起しても起きないんです。ごはんもできたのに……」

わたしは、ふっと、山村の清冽な秩序の中に、場違いな異物がまぎれこんだような気がした。朝寝坊、特に、女の図々しい朝寝がわたしは嫌いだった。

宿直室に入ると、裕美ははっきり狸寝入りとわかる寝顔で蒲団の中に寝そべっていた。二人は構わず着替えをした。授業の準備をしなければならなかった。

ネクタイを結んでいるとき、いきなり脛が蹴られた。思わず、痛い、とわたしはしまらない声をあげた。寝たままにじりよって来た裕美が、長い脚で加減もなしに蹴ったのだった。

「ふざけないで、起きなさい」

「ふざけてなんか、いないわよ」

もう一度蹴った。

「こいつ！」

おさえつけようとすると、蒲団をかぶった。

「じゃ、最初の日から学校を休むんだな」

離れようとすると、今度は両腕で足にすがりついた。

「裕美ちゃん」

おさえかねたような声を、妻が出した。

「起きてごはんにしなさい」

「だって……」

と言いながら、裕美はやっと起き直った。Gパンのまま寝ていたのだった。

「容子ちゃんたら、お料理へたなんだもん」

ゆうべ裕美は用務員の用意した夕食をとったはずであった。ごちそうになりながら文句を言っているのだった。

「上手だよ」

わたしは玄関の方の用務員に気づかいながら言った。

「塩辛があるわよ」

とりなすように妻が言うと、

「わあ、それなら食べる」

裕美は起き上がって乱暴に宿直室の隅にある戸棚をあけた。

二人が食卓に加わったとき、壜に入れた烏賊の塩辛は、おそろしいほど減っていた。見ると、用務員が仕度したごはんにも味噌汁にも手をつけず、塩辛だけを食べているのだった。壜から何度も皿に取り分けようとするが、箸を持つ手は幼児よりもぎごちないから、ずるずると落してしまう。落した塩辛は手で拾って食べた。拾った手はぬぐわずそのままである。口のまわりには、烏賊の腑がべっとりついていた。

「ごはんとおかずと味噌汁をかわるがわる食べなさい」

と妻は言った。

「いいの」

裕美は塩辛をむさぼり続けた。食事のとき、裕美はいつももののしい勢いで、ほとんど獲物に食らいつく動物のように眼を光らすのであった。

「おじちゃんがね」

と裕美が言った。裕美は、きだみのるをおじちゃんと呼ばされているのだった。

「好きなものは飽きるまで食べろって」

わたしは、他人のものでもか、と言いそうになった。

わたしの大好物の塩辛を充分に食い散らすと、裕美は前の家にいたとき貰ったというランドセルを背負い、どたどたと教室の方へ駈けて行った。

「あれがきだ流の自由教育というわけだ」

とわたしは言った。

大森分校は二学級編成で、一、二、三年の低学年組を妻、四、五、六年の高学年組をわたしが受け持っていた。三学年一緒の学級編成は、〝複々式〟あるいは〝三複式〟と呼ばれるが、大森分校は入学生のないこともあったから、その年、低学年組は二年、三年だけの複式で四名、高学年組は五年、六年だけの複式で二名であった。一年と四年の欠けた、全校児童六名の分校だったわけである。裕美が入って七名になった。

裕美と同クラスは、六年生のやす子と、五年生の賢一だった。二人とも従順な山の子の中でも、特に生真面目な性格の子であった。きだみのると一緒に七年間を過した裕美が、一足とびに同じような学習態度をとれるはずはなかった。

裕美は授業が始まると、すぐ口笛を吹いた。あ、忘れ物、と言って妻の教室へ駈けて行った。所在なさそうに机の中をかきまわしたり、立ってやす子の肩に手をかけたりした。

先に何日かつき合い、二人の山の子は裕美が並の生徒とかけ離れた奇矯な子であることに気づいていた。それで裕美のおちつきのない行動にはもはや引きずられないでわたしの授業に集中した。そのような学習態度をつくり上げるのに、わたしは十二年の歳月をかけている。

わたしは悪ふざけをする裕美にかまわず授業を続けた。注意をすれば、かえってつけ上がり、自分にだけ教師の関心を引きつけようとする。

「おじさん、どうしてあたしだけ無視されちゃうの？」

こらえ切れずに裕美は抗議した。

「この学校では、やる気のない子には教えないのだ」

「やる気あるじゃない」

「本を閉じたままよそ見をしている子に、やる気があるか」

「開きました」

裕美はでたらめのページを開く。わたしは裕美をにらみつけておいて、

「つぎ、賢一」

と指名する。

「まあた、無視して！」

裕美が甲高い声をあげても、構わない。賢一は几帳面に朗読をし、やす子は懸命に文字を追

う。

五年、六年別々の教科書で教えると、まとまった学力がつかないので、わたしは、読み方指導など、同じ教材で五、六年を教える方法をとることが多かった。村野四郎の作品などを編集して副読本を作っている。

「このとき、主人公の鹿は？」

賢一とやす子に作品への没入を要求して、わたしは強く問いかける。

「鹿は、もう、あと少ししか生きられない。だから、今が最高に大事な時間です。もう自分の命は終わりだと思いながら、村をじっと見ているのです」

賢一が発表する。

「その意見につけたします」

と、やす子が言う。

「あと少ししか生きられない最後の大事な時間だから『生きる時間が黄金のように光る』と言っているのです」

「すごいなあ」

大仰にわたしは感動してみせる。

「賢一もやす子も、ずいぶん深く読んできているなあ！」

裕美は、白い、うそ寒い表情になって眼をつりあげる。

「ね、あたしにも読まして」

「真剣勝負だぞ。照れたり恰好つけたりするんじゃないぞ」

「だったら読まない」

「だったら頼まない」

充分に裕美を傷つけ、わたしは二人との授業に戻ってゆく。

このようにして午前中の授業を過した。

午後、きだみのるがやって来て、例によって校庭の真ん中に車を止めた。

「いい葡萄がありましてね。あの子に食わしてやってください」

きだみのるは葡萄の籠をさし出した。受け取りながら、そうだ、きだみのるは裕美の学籍上の保護者になれないのだと思った。底によどんでいた、いつ入学がふいにされるかわからぬという不安がよみがえった。

「人間はね」

きだみのるは、炬燵をやっととりはずした宿直室の炉に足をおろしながら言った。

「好きなものは飽きるだけ食うべきですよ。そうすると、がつがつしなくなるんだな」

「はあ……」

自分が節度なくむさぼりたい性情であるだけではないのだろうか。しかし、きだみのるはわたしの反応に関係なく続けた。

「飽食主義だよ」

朝の塩辛の件もあり、わたしは飽食主義も自由教育も信じる気にはなれなかったが、それよりも、きだみのるは、自分が保護者になれないと知ったら、いきり立つかも知れないと、恐れ始めていたのだ。

「あんたの食卓には、いつもこまごましたものがたくさん乗っかっていたな」

「はあ……」

「ありゃ無意味だよ。あんた細君に甘ったれていっぱい作らしてんだろ」

「奴が料理が好きでしてね。勝手にやっています。箸をつければ家内も喜ぶんです」

「ああ、そうかい」

そんなことよりも、学籍のことを切り出さなければならなかった。しばらく話が途切れると、わたしはいつの間にか、自分が不義理でも犯そうとしているように怖気づいていた。

きだみのるは裕美の正式の保護者になるべき女性と喧嘩別れをしているはずであった。その女性の名前を聞くことさえ、嫌うのではないか。きだみのるは、覚束なくふるえる手で煙草を口に運んでいた。そして、にんにくの匂いのまじっている紫煙をゆっくりと吐き出している。

「裕美さんの保護者ですが……」

とわたしは結局無骨に切り出した。

「群馬のおかあさまにしなければならないようですが、よろしいでしょうか」

「ああ、そうしてください」

きだみのるはあっきりと答えた。あまりにも手ごたえがなくて、たたらを踏むようであった。

「そうしますと、就学通知がまいります。同居のわたしではなくて、保護者のおかあさまに郵送されることになります。よろしいでしょうか」

「構いません」

そして、呟くように、きっと喜ぶでしょう、と言った。

まだ学年の問題が残っていた。

「将来、平凡な奥さんになればいいということなら、六年生にすべきだと思います。年相応の履歴である方が自然ですから。ただ、かしこいお子さんのようですから、全能力を引き出すのでしたら、一年遅らして五年生から出発すべきだと思います」

「ああ、どっちでもいいですよ」

これもあっさりした答だった。実務的なことはいいようにしてくれという様子だったが、わたしにはそれが無責任に聞えた。

「では教育事務所の管理主事と相談して決めます」

「そうして下さい」

仕事をするつもりらしく、きだみのるは立ち上がると、教材室の方へ歩いて行った。

一応、これで気がかりなことは済んだと、今後の手順を考えていたときだったが、裕美が宿直室をのぞいた。

「何だ、図画の時間だろう」

妻が全学年合同の版画指導をしている筈であった。

「だって、つまんない」

「つまんないのじゃない、できないのだろう」

裕美は努力ということを知らないのだった。むつかしいことに向き合うと、はじめから闘志を失くして逃げてしまうところがある。そのくせ逃げたふりはしないのだ。

「あんなの、勉強なの？」

と、例によって切り返してきた。

「まあいい、ちょっとすわれ」

わたしは何年生になりたいかを、裕美から聞く必要があった。

「なあに？」

裕美はすわらないで炉の向う側にごろりと横になった。

「ちゃんとすわりなさい」

「こうしてても聞えるわ、言って」

ことさらに甘えてそうしているのではなかった。誰に対してもそのような態度しかとれないのだ。

「君が何年生になりたいかということなんだ。おちついて考えなさい」

「何年生でもいいわよ」

これはきだみのるより屈託がなかった。

相変わらず寝ころんだまま、いつの間にか飴玉を口に含んでいる。

「ほんとうにどうでもいいのか。一年生でもか」

「いいわよ、一年生でも」

「君の実力を発揮するのなら、五年生だと思うんだ」

「一年生でいい。四年生かな。どうにでもして」

相談は成りたちそうになかった。わたしは話題を変えた。

「おかあさんを知ってるか」

「住所、わかったの？」

「うむ」

「教えて」

裕美は起き直った。

「教えない」

「教えて」

「きだ先生のお許しが出ないうちはだめだ」

こじれている筈の人間関係にまでわりこむのは、教師の権限外だとわたしは思っていた。そこまでやったら、きだみのるの機嫌を損じてしまう危険もあった。

「電話ぐらい、いいでしょ？」

「それも待て」

「あたしだって……」

声がふるえた。

「おかあさんの声ぐらい聞きたいわ」

涙を隠すように下を見た。しかし、それはほんの一瞬だった。つぎには裕美はもう立ち上がって廊下に出ていた。そして、

「おじさんもさぼってないで授業して」

甲高い声で言い捨て、教室の方へ廊下を鳴らして駈けて行った。

わたしは何となく疲れて仰向けになった。きだみのるが部屋に戻って来た。

「やはり、五年生にして下さい」

教材室でゆっくり考えてきたのだろうか。

「あれは、やっぱり五年生がいい」


このように、裕美の入学は、きだみのるの意志によって実現した。

しかし、これを知った地方紙の記者が、わたしの制止をきかずに記事にした。しかもその要旨は、

「学校教育を否定していたきだみのるが、同行の少女を分校に入れたのは、分校教師と論争して負けた結果である」

というものであった。きだみのるは、フランス文化人の溜り場においてさえ、論争に負けたことがないといわれる。そういう意味でも地方紙ははなはだしい歪曲記事をのせたことになる。わたしは、その記事がいつきだみのるの眼に触れるかと、またぞろおびえなければならなかった。

五

きだみのるは停滞を好まぬ放浪作家らしく、わたしの生家のような変哲もない陋屋《ろうおく》に居を変えても結構たのしそうであった。さいわい、地方紙の記事は、当面、見逃したようであった。

「君、わたしゃ小説を書こうかと思っている。『ミミ、分校に入る』ってやつはどうだい」

と言ったりした。きだみのるは、自分をおじちゃんと呼ばせ、裕美をミミと呼んでいるのだった。

ミミに逢いに分校に来たついでに、原稿用紙に持論めいたことを書いて見せたりもした。その中のひとつに、

「虫は間違わない。しかし人間は間違う」

というのがあった。いかにも昆虫記の訳者らしいその文章は、原稿用紙にきっかり一枚、線のふるえた角張った字で書いてあった。分校の子どもたちに贈るつもりなのかも知れなかったが、きだみのるは、これ、どうだい、と言って差し出しただけだったから、わたしは一度眼を走らしただけで慇懃《いんぎん》に返した。きだみのるはつまらなそうに受け取ったので、つぎからは、この原稿、子どもたちに読んでやりたいんですが、とおもねって、貰うことにした。

分校から前沢に戻ると、三日とあげずに電話があった。

「ミミを連れて来て下さい」

ミミにはたしかに逢いたいに違いないのだから、そのようなとき、わたしはすべての仕事を放って、古ぼけたブルーバードにミミを乗せ、前沢まで下《さが》った。村では、町へ出ることを「下《さが》る」というのであった。

もっとも、わたしは裕美をミミと呼びはしなかった。ミミはニックネームならぬペットネームだから、教育者のわたしたちは裕美と呼ぶべきだと思っていたからであった。

きだみのるは、たいてい一枚一キロ以上はある牛肉を用意して待っていた。それを俎の上に乗せ、ナイフに似た包丁で叩くのだった。そして、ゆっくり叩きながら言った。

「君、文学はね、やはり観察だよ」

きだみのるはもと文学少年のわたしに文学のことを教えたがっているように見えた。檀一雄か開高健にならら逢わしてやれる、とも言った。しかし、わたしはいつも、はあ、としか答えられなかった。才能もないのにいつまでも文学から離れきれないでいるのが、われながら恥ずかしいのだった。それで、きだみのるが何を持ちかけても、文学論に発展することはなかったし、高名な作家と逢う運びにもならなかった。

きだみのるはつけ加えた。

「文学はね」

自分の股間を指さして、

「精力だよ」

そして余裕に満ちた笑いをみせた。

きだみのるの焼いたビーフステーキは、厚さが四、五センチほどあった。ナイフとフォークは一セットしかなかったので、裕美がそれを使い、きだみのるは自分の包丁を使った。わたしは無人となって久しい生家の流しから、さびた出刃包丁を探し出し、それで厚いステーキに挑んだ。

フライパンで焼いたステーキは、鰹《かつお》のたたきのようにごく上っ面が白ちゃけているだけで、大半は生であった。わたしは、前年、文部省の海外派遣団に参加し、ヨーロッパの肉料理を二週間ほど食べた経験を持っていたが、このように厚くてほとんどが生肉であるステーキは初めてであった。

しかし、フランス在住七年の経歴を持つ上に、美味を求めて放浪しているともいうきだみのるの作った料理であった。本物のステーキはこのようなものであろう。それにしても豪奢な厚さだ、と思いながら食べ続けた。味わってみると、たしかに生肉である方が、肉の味がした。

しばらくしてからきだみのるは言った。

「君、焼けていないんじゃないか」

わたしは唇の血をぬぐいながら、いいえ、とこたえた。

「けっこうな味です」

きだみのるは楽しそうに笑ってから、

「やっぱり、もう少し焼こうや」

と言った。そして、三人分の食いかけの肉を回収してフライパンに入れ、もう一度ガスレンジの所に立った。もっとも、ビーフステーキは、当初、一枚一枚がそれぞれフライパンに余る大きさだったので、焼き直しも一枚ずつだった。

焼き直しても肉は八割方生であった。そしてわたしは、今度こそ、これが本場の味であろうと確信してむさぼった。きだみのるは黙々と食べた。

やがて裕美の根が尽きた。裕美は物憂い表情でフォークを置いた。そして、おずおずときだみのるを窺いながら言った。

「ごちそう様」

きだみのるはじろりと裕美を見た。どこからそのような挨拶を覚えたかというような眼つきであった。わたしは以前、きだみのるが大船渡へたつのを裕美に送らせたことがある。そのとき、裕美はすぐ戻って来て、「そんなこと、しなくていい、と叱られた」ということであった。

「ごちそう様」

裕美はもっと小さな声で言った。

「ケッ」

と、きだみのるは舌うちのような音をさせた。

「これも食いなさい」

そして、自分の肉片を裕美の皿にのせた。裕美は救いを求めるようにわたしを見ながら、明らかに気のすすまないようすで再び肉を切り始めた。わたしは心の底で、ごくろうさん、でもい、い、い、おじちゃんの愛情なんだよ、最後まで食べなさい、と言い、わたし自身、少々気味の悪い思いに誘われながら出刃包丁をふるった。

文学だけでなく、犬についてもきだみのるはわたしを指導した。

「犬はね、君、女にさわらしちゃいかん」

ある日、レオという、わたしの買ったばかりの小さな猟犬を見て言ったのだった。実は、わたしたちには別にゴンベエという犬がいた。子のない妻が座敷に入れて飼っている愛玩用のスピッツである。しかし、わたしは分校のPTA会長から猟を教わって自分の犬が必要になっていたので、新たにポインターを買ったのだった。その時期が、裕美を引き取る時期と偶然重《かさ》なり、わたしは早く裕美を家庭になじませるつもりで名前をつけさせた。裕美はその犬にレオと名付けた。ずっと後になって、裕美の母親から、裕美の幼時の綽名《あだな》がレオであったことを知らされたが、裕美はそれを全く記憶していなかった。

レオはあまり利口な犬には見えなかった。明らかにボクサーがまじっており、下顎が不自然に突き出た不正咬合である上に、眼はいつも驚いたように見ひらかれているのであった。

「研ナオコ」

と、分校の子どもたちはレオに綽名をつけた。眼と眼との間隔の開きすぎているレオは、まさしくテレビタレントの研ナオコのように、かなしいほど滑稽な顔つきであった。

きだみのるは、校舎の裏手に置いた、そのレオの小屋の前で、熱心にわたしを指導した。

「猟犬はね、君、女に構わすと、甘ったれが出て主人の命令をきかんようになる」

裕美は自分の命名したみにくい犬とたわむれていた。

「それから何と言ったかなあ、足……じゃねえや、そう、フィールを覚えさせにゃあいかん」

主人の踵、つまり後につき従うように訓練すべきだ、ということなのであろう。馬鹿な犬ほど、主人の前方遠く駈けまわり、獲物を追い散らしてしまうのであった。

〝気違い部落〟で猟の経験を持つきだみのるは、犬の訓練についてのこまごました注意を述べ、山鳥のねらい方のこつも教示した。しかし、先生の鉄砲は当たりましたか、と聞くと、いや、当たったことはめったに無い、と正直であった。巷間《こうかん》のハンターは、誇大にわが腕を吹聴するのが常であったから、わたしは猟果にこだわらないきだみのるに好感を持った。

「熊は、四間まで寄せてから撃つんだと言ったな」

話が熊狩りに及んだとき、裕美がレオにじゃれつかれて仰向けに転がった。ショートパンツの股が割れ、脚が長々とさし上げられた。途端にきだみのるは解説をやめてケッ！　と怒鳴った。裕美はすぐ立ち上がった。しかし、きだみのるは人の前で股をはだけた裕美が腹に据えかねるらしく、

「何だ、その行儀は！」

村のしじまをこわすような大声で叱責した。

六

郷里の前沢町で、きだみのるの講演会を開くことになった。わたしは、止した方がいいと主催者に言った。主催者は、町の文化協会の会長で、その上、わたしの属する国語教育研究会の会長であった。

「おそらく、まとまった話は聞けないはずですから」

「でも、折角、名の聞えた作家を町に迎えたんじゃないか」

「はあ……」

わたしは戸惑っていた。

つき合ってみると、きだみのるは決して話上手な人間ではなかった。会話の最中に、人名を度忘れたりするばかりではなく、ことばを探しかねては口ごもった。話題もあちこちにとぶのであった。座談であればたまに滋味のある話が聞けたが、それでも脈絡を求めてはならなかった。聴衆はきっと退屈するか苛々するに違いない。わたしの中を、ふと、身内の欠陥をあらわにするような気後れがよぎった。

「面白くなくてもいいですか」

「構わないよ」

会長は背丈が大きくがっしりしており、みるからに剛腹であった。この会長なら、きだみのるの訥弁《とつべん》でものみこんでくれるかもしれない、と思った。

「では、頼んでみます」

家に戻ってきだみのるに話すと、

「わたしぁ、講演が嫌いでね」

と、予想したとおりであった。

「なるべく断るようにしている」

「お疲れでしょうから、断っていいです。謝礼も充分には出ない筈ですし」

わたしは、女子大の文化祭などに呼ばれた場合のある流行作家の講演料が、一回につき十五万円であることを雑誌で読んで知っていた。町の文化協会の予算は、年間二千円であった。聴衆から会費をとって講演料を払うとしても、五千円が関の山であった。

「しかし……」

ときだみのるは言った。

「君には恩義があるからな……」

これは本気のようであった。

「やりますよ」

「いいえ、無理なさらなくて結構です。謝礼はおそらく五千円です」

「君ィ、金じゃねえだろうよ。わたしぁ、やっていいよ」

「恐れ入ります」

講演当日、わたしはきだみのるの指示に従い、録音テープに講演をうつしとる係になった。聴衆は二十人ほどであった。協会の予算の都合上、やはり百円ずつの会費が徴収された。五千円にならないのを恐れ、わたしはおずおずと千円紙幣をカンパした。

家に戻ってから、きだみのるは謝礼の熨斗《のし》袋を覗いた。五千円以上入っているわけがない。きだみのるは中味を確認すると、妻と共に分校から下り、前沢に泊る予定の裕美に言った。

「君に、やるよ」

そして、ぽいと熨斗袋を放った。裕美は、わあ、ありがと！　明るい声で袋を引ったくったが、わたしは前沢町の文化協会が放り出されたような気がした。少し憂鬱になり、前沢ではこれでも過分な方なんですよ、と心の中で言った。

後にきだみのるは、前沢町に近いある町の講演会に依頼されて赴き、十万円を貰った。先の流行作家の場合を基準とするなら、きだみのるの知名度や業績から言って、十万円は不当な額ではない。しかし、きだみのるの講演を聞いた大方の町民たちの反応はかんばしくなかった。

「十万円なんて、詐欺にあったようなものだ」

とあからさまに言う者もあった。わたしは不満を鳴らす知人の数人にお詫びした。

きだみのるは、頻繁に、

「おい、君、フランス語をこの町の子どもたちに教えようか」

とわたしに持ちかけた。

「前沢に住まわせて貰っている以上、返すべき恩義がある」

ありがたいことだが、田舎町の前沢でフランス語を学ぼうとする子どもがいるようには思えなかった。その上、誰彼となく、ケッと怒鳴りとばす癖のあるきだみのるである。塾を開いてもその先どうなることか知れたものではなかった。はあ、とだけ答え、わたしはフランス語塾の開設についてはは消極的だった。しかしきだみのるは、倦きずに申し出を続けた。

恩義について律義なほど神経を使い続けている点で、きだみのるは尊敬に値する人物であると言ってよかった。しかし、実際にはどうしても食い違ってしまうのである。

掃除を受け持っているパーマ屋のおかみさんに礼をするつもりで、裏の離れに住んでいる水商売の女性にりんごを与えたりしている。

「あたしとあの人との見分けがつかないんですかねえ」

不満気にパーマ屋のおかみさんは言った。たしかに、きだみのるは度忘れや思い違いが多かった。

「ま、死んだずんつぁん（わたしの祖父）の相手をするつもりで世話して下さい」

「それはいいんですけどねえ」

パーマ屋のおかみさんはいつまでも腑におちない顔で言うのだ。

「先生、あのおじいちゃん、ほんとうに偉い人なんですか？」

「世が世であれば、わたしたちなど声もかけて貰えないほど、すぐれた小説書きです」

「はあ……」

パーマ屋のおかみさんは、不審気な顔をやめなかった。

しかし、彼女は、やがてきだみのるがやっぱり偉い人らしいと思うようになった。新聞記者や雑誌記者が来て、しきりにきだみのるを取材したり、写真をとったりするのを目撃させられたからだ。

「どこが偉いのかわからないけど、テレビ局からもよく電話が来るんですねえ」

きだみのるは、その記者たちを伴い、分校を訪れた。記者は授業中の裕美や、友達と攀登棒に登っている裕美を写真にとった。きだみのるがそれを好ましげに見ている様子もカメラにおさめた。

授業風景の撮影のとき、きだみのるはわたしに寄って来て言った。

「君、英語の勉強の方がいいや」

「はあ、でも……」

と、わたしは口ごもった。友人の書店主は、きだみのるが手ずから裕美にフランス語や英語を教えているらしいと言ったことがある。調べてみると、教えようとしたことはあったらしいが、裕美はフランス語はおろか、英語のアルファベットも碌に覚えてはいなかった。

「英語は小学校の課程にはないんです」

「そうかね」

きだみのるは不満そうであった。

「ローマ字は、どうでしょうか。講堂にローマ字のカードが吊してあって、裕美ちゃんは毎朝それを読むことになっています」

「ローマ字かい。それじゃしようがねえや」

きだみのるは言ったが、結局、ローマ字カードの前で、裕美といっしょにカメラにおさまった。

きだみのるは、ふだん、テレビをはじめ、ジャーナリズムは嫌いだと言っていたが、記者が来ると、どこか気負って興奮する様子が見えた。裕美との優雅な生活を、演出を加えながら誇示するところがある。「分校で英語を学ぶミミ」というのも、きだみのるの演出、または幻想なのかも知れなかった。

好みや幻想で教育は成立するものではなかった。国語、社会、算数、理科、音楽、図工、家庭、体育、道徳、特別活動と、組みたてられている教育課程を、地道に基礎から履修させるのが公教育なのである。おもしろみがなくとも、そうすることで全人教育をめざしている。

放埒なきだみのるの許で少女期を過した裕美は、基礎が全くできていないため、どの教科も手順に戸惑って学習にうちこめなかった。その上、四十五分間をじっとしているという習慣を持たない。算数の問題を出されて、考えろ、と言われても、考える方法がわからない。できるのは、隣の賢一の答をみてうつすか、教師のわたしから答を聞いて書くかすることだけである。思考過程が大事である、という小学校教育の基本を、裕美は決定的に欠いている。台形の面積の出し方を教えようとしても、上底とゲテイをなぜ足すの、という裕美には、まず図形用語の指導からやり直さなければならなかった。

きだみのるは、数学は東大生に習わしているから大丈夫だとうそぶくことがあったが、実際のところ、裕美は三年生の実力もなかった。放浪先にいつも都合よく東大生がいるはずもない。

体育では、前転もボール運動も疾走もだめであった。たとえば、分校の子どもたちは、低学年の時分から、からだをまるくする運動→腕立て後ろ覗き前転→その場とびこみ前転→助走とびこみ前転→障害とびこみ前転、そして最後の空中前転と、運動習得の各段階を、授業と独自学習で丹念になぞり、それぞれの段階に到達していた。裕美は走り始めている汽車にとびのるように、その学習の流れに入りこまなければならないのだが、どこにまぎれこめばいいのかわからない。教師のわたしは、当然からだをまるくするだるまさん運動からやらせようとするのだが、そうすると誇り高い裕美はいじけて体育の授業からぬけてしまうのだった。構わないでいると、突如覚悟を決め、同級の賢一と同レベルの障害とびこみ前転にいどむ。手のつきかたも頭の向けようも知らないのだから、裕美はぶざまに背中を打ち、大仰な悲鳴をあげてマットの上をのたうつのである。

五十メートル疾走では、タイムをとられることも、ピストルの轟音を聞くこともこわがった。スタートで何度も躊躇《ちゅうちょ》してわたしを苛立たせた。たまりかねて、お前なんか走る必要がないと怒鳴ると、やっと走り出す。裕美は口をあけ、腰を深く落した恰好で踵をどたどたとつき、蛇行しながら走る。まっすぐ疾走することさえできないのだ。

わたしは、態度の悪い裕美を叱ったりこづいたりしながら、裕美本来の能力を引き出そうと懸命になった。そのたびに、せっかくの素質を逼塞させんばかりに押しこめ、自分の好みだけを押しつけて奇矯な振舞いをさせ続けてきた、きだみのるへの苛立ちが湧いた。

昔書いた小説や評論はすぐれているかも知れないが、人間きだみのるは、裕美を不就学にしていたという点だけでも犯罪者といっていいのではないか。少年時代から憧れていた作家とは、およそ懸けはなれていた。

七

夏休みに入るころ、裕美は、わたしが分校の子どもたちに習わせている神楽に夢中になっていた。

神楽は古くから衣川村に伝わっているもので、師匠は前の教育長の小坂という老人であった。老人といっても六十歳を越えたばかりだから、七十九歳のきだみのるに較べたら壮年のようなもので、事実、胴と呼ばれる太鼓の撥《ばち》さばきは抜群だった。その上、太鼓をうちながら声を張りあげる神楽歌は、太鼓よりも遠くまで響きわたった。他の神楽一座の胴取り（太鼓打ち）の誰もが、足許にも及ばなかった。

裕美は、この師匠の流麗な撥さばきに合わせて踊る、子どもたちの衣裳にあこがれたのかも知れない。

しかし、神楽は、公演の時は華美に見えても、練習は過酷であった。鶏舞《とりまい》ともよばれる「みかぐら」は、十五分間をフルに跳躍し続ける舞であったし、「岩戸くずし」「荒くずし」と呼ばれる勇壮な舞も、体を苛《さいな》むために案出されたかと思われるほどの身のこなしが要求される、激しい踊りであった。その上、劇神楽では、難解なせりふをむつかしい節まわしと共に暗誦しなければならない。

裕美と同級の賢一が一年生になったときに神楽学習は始まっていたから、賢一は、国語や算数といっしょに神楽を習い始めており、基本から所作を叩きこまれていて、小学生ながら一人前の神楽人になっている。六年生のやす子も五年間踊り続け、あどけない下級生たちも、それぞれの役柄を受け持つ神楽人になっている。裕美は汗を流し、歯をくいしばって練習に熱中したが、なかなか追いつけるものではなかった。

「お前は鉦《かね》すりだけをやればいい」

とわたしは言った。鉦すりというのは、太鼓を叩いている師匠のそばで、手平鉦《てびらがね》という鉦を鳴らす囃子方である。しかし、裕美はいくら困憊《こんぱい》していても、そんな惨めな、と言い、よたしながら賢一たちの練習の後について舞い続けた。

放課後の練習が長びくと、師匠は分校に泊った。そして、わたしと酒をくみ交わしながら神楽談義をした。裕美はそのようなとき、しつこく話題の中にわりこみ、遂には師匠を独占した。

「女舞は、ホーオーと歌い出すんでしょ？」

「ホーじゃねえさ。ホーォ、オオオーと伸ばさねば」

「ホーオ、オー」

「もう少しふるわせてみろ。ホーォ、オオオー、自らはァ安倍の頼時がァ一女ォ」

「ミズーカラハァ……」

師匠は酒を奪われる形になる。それでも裕美は一時間ほども神楽のせりふの学習にうちこんだ。師匠も思わず釣られてつき合い、最後には裕美を、根性がある、と賞賛した。

せりふは、基本の舞を身につけた上で、腰を据え、しずしずと所作を加えながら詠ずるものだから、いくらせりふだけ諳んじても仕方がないのだが、裕美は、早く劇神楽の主役になり、賢一たちと肩を並べたいのである。

学習意欲が散漫で授業にうちこめない裕美が、神楽に関してだけは、師匠にしつこく指導をせがむほど熱心なのは、気持の中に見栄とか競合の意識があるためであることはわかっていたが、しかし考えてみると集中は一つの能力であった。その上、神楽はもはや分校の伝統になっている。夏休みの月遅れ盆には、分校で五周年記念公演をする予定だったし、秋の学芸会には百回記念公演を計画していた。国語や算数や社会は、夏休み特訓で取り返しをつけることにし、わたしは、当分、裕美の気の向くまま、神楽にうちこませることにした。

きだみのるから呼び出しがかかると、ブルーバードの車中で、裕美は奇妙な声を張りあげた。一年生から音楽を習っているほかの子と違って、発声など放置されたままの自己流だから、のどをしめつけてしぼり出すような聞き苦しい声になる。

「ホーォ、オオー、自らァはァ……」

「のどを広げて素直に出せ」

ハンドルを握りながらわたしは指導した。

「オオォォォーと、波をうたせて余韻をつくるんだ」

「そんなこと言ったって。あたし、まだ始めたばかりなのよ」

「やっぱりお前には、女舞は無理だな。若人《わかと》をやってみろ」

「いや、あたしは吏世《りよ》ちゃんのようになるの」

　吏世というのは中学三年生になる分校先輩の女役で、その女舞は玄人はだしであった。郷土芸能に玄人というのはないのだが、年期を重ねた神楽人も舌を巻くような嫋々《じようじよう》たる舞を、この女子中学生は舞った。才能もあったし、神楽好きであった。駈け出しの裕美が張り合うには懸隔がありすぎた。

「いいから、まず、若人役をやってみろ」

「貞任？」

「宗任でも経清でも……」

「いや、やるんだったら貞任だわ」

　大森分校の子ども神楽は、わたしが物語を組み立て、師匠がせりふを作った「夕日の衣川」という、前九年の役をテーマにした神楽を得意のだしものにしていた。主役は若人役の安倍貞任と、女舞役の由迦の前（貞任の妹で、平泉金色堂を作った藤原清衡の母）であった。由迦の前は当然女舞名人の吏世の役だったし、貞任は賢一の姉の邦子という中学二年の女の子が演じていた。これはまたすずしい美声を張り上げ、男顔負けの颯爽とした舞を舞う子であった。裕美が逆立ちしても追いつける相手ではない。

「貞任は邦子さ」

「代役は？」

「賢二」

賢一は姉に闘志を燃やし、小学生だけの公演のときは貞任を演じて、実際に姉の演技にせまりつつあった。

「だったら出番ないでしょ？　やっぱり女舞をやるわ」

「宗任か経清の代役にする」

「いや、貞任か由迦でなくちゃいや！」

言い合いは、きだみのるのところにつき、三人で分厚いビーフステーキの血を貪りながらも続いた。

きだみのるは、関東地方か中部地方の郷土芸能を思い出すらしく、向こうじゃあ、役が最初から決っているらしいや、と言った。

「つまり、その……貧民は、どんなに才能があっても、一生、お茶汲みしかやれねえ。それがしきたりなんだな」

「その点、この辺の神楽は能力本位です。若人向きの声だったら若人、荒舞向きだったら荒舞」

「荒舞はいやよ」

すぐに裕美が割ってはいった。

荒舞というのは、鬚を生やした面を被る男役で「夕日の衣川」の場合は、衣川にとって敵役の八幡太郎義家がそうであった。これも主役級で、演ずるのは、舞だけだったら、この子ほど基本に忠実で、しかも勇壮なものはないと師匠が折紙をつけている、美幸という高校一年の女の子であった。代役は神楽の申し子のように、分校入学以前から神楽を見覚え、出演するたびに村の爺婆を笑わせたり泣かせたりする、人気者の二年生の浩記。いずれにしても、新参者の裕美の入りこむ隙はなかった。それでも裕美は主役の座がほしくて必死になる。

「お茶汲みや鉦すりはやらないからね」

「吏世だって美幸だって、お茶汲みも鉦すりもやっている」

師匠の太鼓うちは激務であった。太鼓で神楽人を奮い立たせながら掛声をかけ、歌を流す。神楽人たちは、かわるがわる熱演している師匠のところへお茶を運ぶならわしだった。「鉦すり、みかぐら、くずし、しゅうだん（劇神楽の所作）、せりふ、と順々に習い覚えて、吏世ちゃんや美幸ちゃんのようになるんだ」

「でも、荒舞はいやよ。由迦の前か貞任になるんだから」

「まあ、好きなものをやるさ」

ついには、どうせお前の出番はないと毒づきたくなりながら、わたしはきだみのるとの会話を心がけようとする。

「先生、執筆の調子があがらないようなときは、どうなさるんですか」

「猥本を読みますよ」

「フランスのですか」

「いや、日本。週刊誌です」

そう言えば、茶の間のわきになっているきだみのるの部屋には、万年床の枕元に品がよいとは言えない週刊誌が放り出してあった。

七十九歳でも猥本を読みたくなる。これも一つの能力かも知れなかった。わたしゃまだ立つ、と、一再ならず、誇らしげに言った。

「やっぱり貞任もいや、由迦がいいわ」

裕美がむし返す。辟易するほどしつこいのだった。

「お前は、当分、宗任か経清役を習えよ。それだったら代役のチャンスもある」

「いや、絶対由迦よ」

「………」

「ね、先生、いいでしょ? 由迦をやらして」

「ケッ!」

と、たまりかねたようにきだみのるは舌うちをした。

「学校に入って、連中を見返してやるんじゃねえか！」

裕美は白い顔になって、きだみのるを見た。なぜ叱られたのか、わかっていないようであった。やがて声を落して、先生、書店に行っていい？　と言った。辛気くさくなると、すぐによそへとび出したがるのだった。

「お金は？」

「頂戴！」

甘えた声になった。五百円札を持たすと、ばたばたと表に走って行った。

「張り合っている子がいたんですよ」

裕美がいなくなってから、きだみのるは述懐するように言った。

「順子という、一級上の子でね。ことごとに対立しやがる」

前に居候していた家の娘か、近所の友達のことであろうか。

「ミミが気が強いのは、そのせいです」

きだみのるのわたしの家への転居には、裕美を傷つける相手を、避ける意味もあったのであろうか。見返してやるんじゃねえか、ということばに、わたしはきだみのるの老残の意地を思った。

後日、きだみのるは、神楽に関して、連載中の雑誌につぎのように書いた。

「私はいま、衣川村を歩いている。例のその『衣のタテは破られにけり』のあの衣川だ。源義経の最後の逃亡先の安倍氏の誰だっけ、いまミミくんはその踊を習っている。……」(交通公社刊「旅」。昭和五十年二月、「新放浪講座」として単行本になる)

フランス、あるいはギリシアの古事について博覧強記のきだみのるは、日本歴史に関してはあまり強くないようであった。裕美がやりたがっている由迦姫の子どもが、平泉金色堂を建立した藤原清衡であり、その孫の藤原秀衡が兄に追われた義経を庇護した。年代の上では、義経は由迦・貞任の安倍氏から百二十年もへだたっている。「衣のタテは破られにけり」も、実際は「衣のたてはころびにけり」である。

しかし、気儘な放浪記の素材なのだから、年代の違いや歌の誤りなどは、どうでもよいことであろう。

きだみのるは、神楽を踊と書いたように、神楽にはあまり関心がないらしく、裕美に逢いに分校を訪れても、練習ぶりを眺めるということがなかった。裕美には、分校のなかまになり切っていそしんでいるようすを見せたがっている気配があったが、見ようとしないのだった。それでも、いつ眼にしたのか、あるとき、きだみのるは言った。

「君、神楽を見たがね。ありゃあ、侘びしいね」

「はあ……」

「何とも侘びしいんだなあ」

「保存とか、伝承を叫ばれているものは、それが滅びようとしているからですね。そういう点では侘びしいものかも知れません」

「意義があるのかなあ」

わたしは、あまり、きだみのると論争する気はなかった。よそ者に郷土芸能がわかることはまずないし、きだみのるは村落研究家といっても、どこかしら西欧知識人的であり、くぐもった農民の哀歓にはかかわりがないようであった。

裕美が習っている神楽は、飢饉のたびに餓死、逃散の歴史をくり返してきているこの地方の農民たちが、懸命にすがって存続させてきた、自らの唯一の娯楽であった。神楽には、そのような農民の溜息や涙や、ときには性の歓喜がしみこんでいる。しかし、威勢のいいことを言うきだみのるには、無智な農民の溜息など、無縁であろう。そのようなものは切り捨てるか蓋をするかして、きだみのるは、村落のことを語るときも、野放図にたくましいか狡猾《こうかつ》であるか、あるいは野卑であるか、そうした面しか取りあげようとしないのである。

八

夏休みになると、母の命日と月遅れ盆とが前後してやってくる。そのために、ふだんは無人になっている生家には、例年わたしの兄弟や親戚が集まる。それで、きだみのるは前の居候先の大船渡に戻って執筆したり、新しい放浪に出向いたりした。

盆が終わってから、わたしたちは裕美を温泉に伴い、教科学習の基礎づくりの特訓をした。裕美は、放浪をこととするきだみのるの分身らしく、物見遊山の気分になってしまい、勉強に気が乗らなかったが、おどしたりすかしたりしながら、何とか日程を消化した。

実は夏休み中にやらなければならない裕美の課題はもう一つあった。アデノイドの手術であった。しかし、供養と特訓にかまけてそれが夏休み明けに持ち越された。この地方の夏休みは、ほとんどの学校が八月の二十日前後には終わるのだ。

手術には肉親の諒解がいる、とわたしは思った。それで、生家に戻って来たきだみのるに相談した。きだみのるは言った。

「本人の自由意志にまかせます」

なにを！　とわたしは思った。子どもの健康を管理するのは、肉親の最低の義務ではないか。

必要な手術まで子どもの意志にまかせるというのは、自由教育論ではなく、もはや親の義務放棄だった。

「そうします」

と、わたしはこたえた。

手術をこわがっていた裕美は、きだみのるの意見を伝えると、初め、わあ、よかった、やらないわ、と喜んだが、やがて、不安そうに、切らないとどうなるの？ と聞き直した。風邪をひきやすい程度のことだろう、と、わたしはなるべく冷たくこたえた。

「風邪をひくと大嫌いな勉強をせずに休んで寝ていられるし、運動会も休めて、ビリをとって惨めになることもない」

分校の運動会は、夏休みが明けると一週間後に催される例であった。九月の中旬には、稲刈りが始まり、村は忙しくなるからだ。

「わたし、切る」

と、裕美は言った。

「でも、きだ先生自身は、そう必要を感じておられないようだ」

「おじちゃんはいいの。先生が決めたらいいの」

「じゃあ切る。ぎゃあぎゃあ騒ぐんじゃないぞ」

始業式の日、式が終わるとすぐわたしは裕美をのせ、病院のある水沢市に向けて車を走らせた。車が奥羽の山なみが左手に遠く望まれる高台を横断するとき、裕美がふいに何の脈絡もなく言った。

「先生、女先生が死んだら困るね」

「何でだ」

「だって、あたしみたいな瘤《こぶ》つきでしょ？　再婚できないじゃない」

裕美が来たころまだらに残っていた奥羽連峰の雪は、ほとんど消えていた。考えてみると、裕美が正式に小学生になってから、ちょうど二カ月経っている。

実はこの頃になると、わたしは裕美に対し、ほとんど笑顔を見せることがなくなっていた。やさしさを見せると、裕美はつけ上がるばかりだった。そのつけ上がりかたが、こましゃくれていて無作法で野卑だった。

分校を訪れる客たちは、新しい家族になっている裕美を不審に思い、経緯を聞きたがった。複雑な事情を話すのが面倒で、わたしは、娘です、と言った。しかし、そのたびに裕美は割って入った。

「娘じゃないの、他人なの」

来客はたいてい驚き、この得体の知れない小娘をあらためて見直すのだった。

「おじさん、あんたお父さんじゃないでしょ？　気取らないで」

わたしは客の前で、殴りつけたい衝動をいつもおさえた。

仏頂面で叱責だけするようになってから、やっと裕美はあまり無礼なことは言わなくなった。それでも、必要があり、放浪時代のことを聞き出そうとすると、それ、言わなくちゃいけないの？　と逆襲して隠し通そうとするところがあった。わたしはいよいよ素気《すげ》なく扱った。

そのように疎遠にされ始めている裕美が、車の中でだしぬけに、あたしがいては再婚できないでしょ？　と言った。どんなつもりであろうか。

耳鼻科の受付で、わたしは、あらためて、裕美が国民健康保険も社会保険もかけて貰っていないことに気がついた。

「現金です」

というわたしを、受付の女の子は、世にも不思議なものを見るようにみつめた。

「事情がありまして、わたしが現金で払います。何の保険にも入っていないのです」

素裸に白衣をまとっただけの汗かきの医師は、衣川村の耳鼻科検診を担当している出張学校医だった。

「先生、学校生徒は無料でやりますよ」

事情を知らないのに、医師はのみこみ顔に言った。

手術用の椅子に掛けるとき、裕美はふるえていた。

「こわい、おじさん、手をつかまえてて」

「痛くない。大丈夫、看護婦さんがつかまえていて下さる」

「いや、先生でなくちゃ、いや」

裕美はおびえて「おじさん」と「先生」をまぜこぜに使った。駄々をこねているうちに、手慣れた医師は頭のまるい手術器具を裕美の口に突っこんだ。

「……!」

裕美は叫びそうにしながらもがき、不自然な姿勢のままわたしを見た。そして、だらりとした肉片が引き出されてから、声をあげて泣いた。

裕美は、泣きながら看護婦に抱きかかえられ、傍の寝台に寝かされた。わたしはその枕元にすわり、頭を撫でた。

裕美は、恐怖からさめ切れないように、いつまでもしゃくり上げた。ときおり、舌で血を押し出した。塵紙《ちりがみ》で口許をぬぐいながら、わたしは、よくやった、よくやったと言った。裕美がけなげに見えた。十分ほどして、もう帰ってもいいと言われると、裕美は神妙に医師に向かって頭をさげた。

「どうもありがとうございました」

同級の賢一のように律義に言った。

「ああ、三日たったらまた来なさい。それだけでもう癒っちまう」

医師は鷹揚に言いながら汗をふいた。

病院を出てから、裕美はわたしにすがって歩いた。

「ね、先生、お医者さんにありがとうございましたって言ったの、あれでいいの？」

「ああ立派だよ」

「そう……。恥かかなかったのね」

「礼を言って恥をかくってことがあるか」

「だっておじちゃんは、挨拶やなんか必要ないって、いつも言うのよ」

「お前は分校の生徒と同じになるのだ。無礼は許さん」

「じゃ、いいのね」

「あたり前だ。いったい、お前は誰に対しても感謝というものを知らない」

「恩の押し売り？」

「ばか、俺におじぎをしろ、というのではない」

熱気を吹き上げているアスファルトの舗道を、二人は駐車場に向かって手をつないだまま歩いた。

「ね、先生、誰にもあたしが泣いたって言わないでね」

「ああ」

「約束ね、ゲンマンね」

裕美はわたしの小指をとらえた。この嘘だけは聞いてやろうとわたしは思った。

九

運動会に使う品物を買うために前沢に下ったとき、わたしはきだみのるに手術の報告をした。きだみのるは、ああそうですか、とだけこたえた。そして、この頃、教育長んとこで飯を食っている、と、つけ加えるように言った。え、とわたしは驚いた。一番おそれていたことだった。

「毎晩ですか」

「ああ、毎晩だな」

わたしは、取り返しのつかない思いに襲われた。教育長宅に居候をしたことになるではないか。

「実は、あの家では、危篤のおじいさんをかかえて、みなさん、疲れていらっしゃるんですが」

「そうらしいや。でも、構わんだろう。教育長は、ありゃあ、いいよ」

教育長は読書人だから、話は合うに違いなかった。しかし、教育長の父君は九十歳の高齢で、県の教育界に貢献した一生を、水沢市の病院で閉じようとしているのだった。家族たちは、毎日交互に病院に病床を見舞い、それを見守っている。精神的にも風来坊にかかずり合っている余裕はないに違いなかった。

恩義をしょっちゅう口にするきだみのるは、訪問に見合う、または見合うつもりの手土産を持参するのが常だから、ただで御馳走になってはいないかも知れない。酒も節度のない飲み方はしないから、おそらくずるずるべったりの長居もしないであろう。

しかし、死に際の病人をかかえた家族の疲れと不安がわからないのであろうか。いい気な熱を吹く放浪作家が、心から歓迎されているとでも思っているのか。わたしは名士の終焉が、傍若無人な放浪の体臭でよごされるような気がしておちつかなかった。火事だけはおこす心配がなさそうだが、わたしはやっぱり町内にとてつもない迷惑をかけることになっている。

教育長は、わたしが時折山を下って参加する、町の読書会の会長だった。その上、父君に続いて国語教育界の先達であった。だから、わたしは家が近いばかりではなく、会合で教育長と顔を合わせることがよくあった。そのたびにわたしはかしこまって謝罪をすることになった。しかし、教育長はいつも大らかだった。

「それほど迷惑していないよ。切り上げもさっぱりしているし」

「しかし……」

わたしは無能な教師さながら、教育長に逢うたびに小さくなった。

読書会が教育長宅で開かれることもあった。そのようなときは、教育長夫人にお詫びした。

「何でもありませんよ、——ちゃん」

わたしの幼時からの呼び名を言って、夫人はこだわりなくこたえた。

「手がかからないおじいさんですよ。あり合わせの漬物で間に合うんですから」

「しかし、こちらのおじいさんが、今たいへんなのに……」

夫人には、存命中のわたしの母も迷惑をかけていた。気が強くて自惚れ屋の百姓女であった母は、田畑も耕す夫人に、同じ耕作者という気安さでつき合ってもらい、心に湧き出るすべてのことを吐きだしては、たしなめられたりなだめられたりして死んだ。

「長男も、このような有名な作家に来ていただくなんて、望んでもできないことだと言って喜んでるんですよ」

教育長の長男は、前沢の高校で歴史の先生をしていた。自分の業績のわかる親子のいる家庭で、気のおけないおっとりした夫人に御馳走になるのが、きだみのるには気に入っているのだろう。

「この間もね、これから東京に行くんだから、早いとこにぎり飯を作ってくれ、と言われるんですよ」

「恐縮です」

「海苔でくるんだのでなく、味噌をつけて焼いたのがお好きなんですよね」

「はあ……」

「二つでいいでしょって言ったら、いや、三つだ、なんて子どもみたいなことをおっしゃって……面白いおじいさんですよ」

甘ったれているのであった。独居自炊の高邁な高村光太郎など、とんでもない。賄婦を断ったのだって、気に入らない人間に養って貰うのが嫌いだっただけではないのか、とわたしは思った。

きだみのるは、わたしに言ったことがあった。

「人間はね、現役でなきゃあ意味がないよ。現役のままばったりさ。そうしたら、子供の世話になるという屈辱なぞ、味わわんで済む」

いかにも颯爽としていたが、きだみのるは、子どもの世話にならない代わり、他国の他人に、自分で選り好みしながら世話になっているのであった。

運動会が済み、村中が稲刈りで忙しくなったころ、関西地方のラジオ局の女の子が二人、取材のために大森分校へやって来た。学校に入れずに、自由に少女を教育しているきだみのるの教育論を聞きに来たのだという。

きだみのるは、前沢の生家にいなかった。大船渡か、東京の出版社にでも出かけたのであろうか。

「裕美がこうして学校に入ってしまったら、番組にならないんじゃありませんか」

わたしは職員室で応対した。

「いいえ、ミミちゃんのようすを、お聞きできれば、と思います」

二人ともGパンをはき、蒼黒くやせていた。揃って肌理《きめ》が荒く、日本人の不器量の典型のような顔立ちをしていた。より瘦せている方が、小型のテープレコーダーのスイッチを入れた。

「わたしは、きだみのるには教育論がないと思います」

「なぜですか?」

二人は、思いがけないことを聞くような表情をした。

「日教組の親玉と喧嘩したから娘を学校に入れないという、これが論理ですか?」

「……………」

「ある複雑な事情があって、裕美は母親から引き剝《は》がされ、その上学校に入れてもらえなかった。きだみのるが裕美を学校に入れないのは、おそらく引き剝がした母親の眼をくらますためと、ミミと呼んでいるペットへの執着からです」

「………」

「教育じゃありません。みっともない我執ですよ。その我執がさすがに気恥ずかしくて、日教組の親玉と喧嘩したなんて、景気のいい擬装をしているんです」

「………」

テープレコーダーを操作していた女の子がスイッチを切った。ラジオ番組にはならないと判断したのであろう。そして、やや色をなして言った。

「きだみのるのような生き方だって、あっていいと思うんですが」

「新しいと言うんですか?」

「自由を実現しているという点で、すばらしいと思うんです」

「裕美という素質のある子を、野良犬にする自由をですか?」

「………」

「裕美は挨拶を知りませんでしたよ。そのくせ、大人たち、とりわけ男に冗談を言いかける商売女のような媚と、相手を傷つける無作法なことばだけを知っていた。食べ物は手づかみで、しかも匂いを嗅いでからでなければ食べない。顔の洗い方も入浴の仕方も知らない。算数の力は十一歳になるのにまだ三年生、このような子をつくるのが自由の実現ですか？」

「………」

二人は反論はしなかったが、決して得心はしていなかった。田舎の頭のかたい教師にぶつかって、難渋しているという様子だった。

「どだい、教育作用は、自由と背反するんです」

「………」

「子どもたちに不自由な思いを強いながら、知識を授けたり、社会への適応力を育てたり、体をより強靭《きょうじん》に仕立てたりすることなんです。教育の本質は、ギリシア時代から変わっていないんですよ」

「………」

「自由とか放任教育なんて粋がる連中は、そのような原則が辛気くさいのです。怠け者か自己過信の連中のいう世迷い言です。きだみのるの自由教育なるものの実態をお見せしましょうか？」

わたしは立ち上がって本棚から一冊の雑誌を取り出した。面白いことがのっていると言って、友人の書店主が持って来てくれたものであった。わたしは、映画監督の大島渚ときだみのるの対談がのっているページを開いて差し出した。その対談は、きだみのるが大森分校に現われる四カ月ほど前、大船渡にいる頃に行なわれている。

……………………

大島　たとえば基本的な学科、算数とか国語とか、そういうのは全部教えていらっしゃるんですか。

きだ　基本的なものは教えています。

大島　一日何時間くらいですか。

きだ　一日二時間くらいでしょうね。

大島　きださんの本には、ミミくんのことが童女、童女と書いてあるもんでもっと小さいのかと思ったんですが、たとえば、「水滸伝」を岩波の少年文庫で読んでたり、ミッシェル・ポルナレフが大好きだったりずいぶん知恵が発達しているように思いますけれども、どうですか。

きだ　そうですよ。

大島　どこか欠落しているところはありませんか。

きだ　これは教師に見せないとぐあいが悪いですけれどもね。一番主要な点は女であることでしょう。女においては魅力が第一だと思いますよ。女性の魅力はなんといってもまず性的魅力。一番必要なのは、女性的な部分の運動ですよね。これがルーズではだめなんだな。だから、あの部分が発達するには、下腹部に力を入れる運動が一番いいわけで、水泳選手、歌うたい、これ、あなたの恋人の中にいなかったですか（笑い）、これが一番すぐれていますね。その点をとくに注意しているんです。女の運命は女陰において決定すると。

大島　すでにミミくんは十歳にしてなかなか、ぼくは性的魅力があると思いますけれどもね。

きだ　いやいや、それは困るね（笑い）。

（朝日新聞社刊「のびのび」昭和四十九年創刊号）

……………………

「どうです。大島渚が心配している欠落部分こそが重大なのに、それにこたえないで、性的魅力づくりが童女の教育のテーマだというのですよ」

若い女の子に対することばとしてはやや悪趣味だったが、わたしは、学校に入っていないころの裕美と、自由人であるきだみのるとに魅力を感じているらしい二人の取材者に、少々大人気ないながら敵意を抱いていた。

「水泳をやらせている、という以外、二時間基本教科を教えているということを含めて、彼の教育に関する言説は、みな嘘です」

二人は椅子を引いて立ち上がる気配を示した。

「お帰りですか」

「いいえ、ちょっとミミちゃんと遊びたいんですけど」

「あの子はあんた方を煙に巻いたり、軽くいなしたりするでしょう。けれど、それを買い被らないでくださいよ。やっと無礼が直りかけているのですから」

「遊ぶだけです」

マイクを持っていた方の女の子も、それをしまいこみながら切り口上になっていた。

「上司の指示でいらっしゃったんだから、あなた方もごくろうさんだけれど、変わってさえいれば見せものになるっていうものでもないと思いますよ」

二人はできの悪い女子高校生のように、挨拶も曖昧にしただけで、裕美がひとりで犬のレオと遊んでいる校庭に出て行った。

十

九月末になると、きだみのるは前沢の家にいることが少なくなった。仕事は主として大船渡に行ってやっているようで、わたしは教育長宅の被害が少なくなって助かる、と思った。やはり、何くれとなく世話をやいてくれる所がいいのである。

裕美は、わたしが笑顔を見せずに厳しくしつけるようになってから、目立って学力が伸びていた。授業時間中の態度にもおちつきが出てきている。夏休み直後の運動会でも、ビリながら裏山一周マラソンを完走した。その点、生真面目な子しかいない山の分校に入学したことは、裕美にとって幸いであった。

妻が不憫《ふびん》さもあって甘やかすために、家庭に帰ってからの裕美は、いつまでも無作法で仕事嫌いだったが、五年生、六年生の二年間ほどをわたしたちの手もとに置けば、どうにか人並の小学生にはできそうであった。

ある日、わたしたちは、職員会議のために本校へ出かけた。稲刈りのために用務員も学校を休んでいた。友人達は農繁期には早く帰って仕事の手伝いをするので、裕美はひとりで留守番をすることになった。

「かまわないわ、勉強しながら待ってる」

裕美はひとりになることに、幼時から馴れている筈だった。連れ歩くといっても、きだみのるには執筆がある。執筆をしないときでも、二人が共通の遊びや学習をするということは、ごく少なかったであろう。

会議が早く終わって戻ってみると、裕美はほんとうに算数の宿題に夢中になっていた。国語はどうやら追いつきかけていたが、算数はどうしても同級の賢一にはかなわないのであった。

わたしたちが学校に戻ってほんの二、三分たった頃、学校の南側の急坂を、エンジンをふかして登る音が聞えた。きだみのるの古ぼけたグロリアであった。

「めずらしいな」

わたしは宿直室に入り、裕美が勉強している側にすわった。

「久し振りだ。きだ先生と飲もうか」

職員室のガステーブルに火を入れ、薬罐《やかん》をかけている妻にわたしは言った。じゃ仕度をします、と妻は言った。そこへ長身のきだみのるが入ってきた。

「いらっしゃいませ」

と、妻は慇懃にお辞儀をした。口をへの字に結んだきだみのるは、わざと無視するような素振りを示しながらそれにこたえず、ずかずかと宿直室に入った。

「しばらくです」

と、わたしは言った。わたしには、あ、とだけ答え、来ればいつもすわるわたしの右手の席に勢いよく腰を下した。何か興奮しているようであった。

きだみのるは下唇を突き出し、逆三白眼を据えるような顔つきでだまっている。わたしもだまっていると、やがて、

「ミミがひとりぼっちにされたって言うんでね」

と言った。

「はあ……」

わたしは怪訝な思いにさせられた。

「まあ、帰っているからいいが」

しばらくわたしはきだみのるの言うことの意味がわからなかった。

「帰って来ているから、それは、まあ、いい」

繰返され、初めて、山の淋しい分校にひとり置き去りにされた裕美が哀れになり、見舞いに来たのだということがわかった。

農家では、小学一、二年生でも、ひとりで留守番をすることに慣れている。裕美は五年生であった。だから、ひとり残して会議に出かけるとき、わたしには懸念が全くなかった。今までも、このようなことがなかったわけではない。

ひとりにするなと言われても困る、とわたしは思った。ふたりで教え子の婚礼に招ばれることもあったし、常会とか、不祝儀とか、相談事とかで、わたしたちは村の農家に連れだって出かけることが多いのだ。

やがて、わたしはもう一つのことに気がついた。きだみのるが、帰って来ているからいいと、わたしたちの不始末を容認するような言い方をしていることであった。どうやらきだみのるは、裕美を育てて貰っているのではなく、貸してやっているというつもりらしい。滑稽なことであったが、笑えずに苦々しい思いになった。とてもきだみのるの機嫌を直すために詫びる、という気持にはなれなかった。

妻がお茶を入れた。ちら、と茶飲み茶碗を見たきだみのるは、コーヒーを下さい、と言った。妻はいやな顔をした。妻には無作法な人間を極度に嫌うところがあった。その上、きだみのるからいわれのない怒鳴られ方をしている。

「ウィスキーになさいませんか」

とわたしは言った。

「いや、忙しいからコーヒー飲んだら帰ります」

忙しい中を、激怒に駆られて分校まで来たのであった。

翌日、きだみのるから電話があった。久しぶりに前沢へ泊ったようであった。

「君、ゆうべ怪しい三人組が前を通ったよ」

町なかのわたしの生家は、隣家との間の通路が広く、よく表通りから裏通りへ抜けるのに通用された。

「どうやら、ミミの養育費のことを言ってたなあ」

「……」

「養育費をふんだくらにゃあとか何とか言ってたぜ」

「わたしは、養育費などいただくつもりは最初からありませんよ」

「ところがたしかにそう言うんだなあ」

「裕美ちゃんの養育に関して何かを言うとすれば、それはわたしの身内でしょうが、義兄も弟もそんなことには無関心ですよ」

「とにかく、わたしもあんたも、ミミについてはノイローゼになっているらしいや。話し合いに来て下さい」

「それじゃまいりますが、裕美ちゃんをお連れしましょうか」

「そうして下さい」

そばで裕美は、行かない、と言った。宿題だっていっぱいあるし――。宿題はやらなくていい、きだ先生はお淋しいのだ、とわたしは言った。何を否定しても、その淋しさだけは否定することができなかった。

「おじちゃんなんか、死んでしまえばいい」

裕美はふくれっ面をしながら、妻から着替えを手伝ってもらった。

生家に行って、久し振りにわたしはきだみのると話し合った。怪しい三人組のことについては、たしかにミミの養育費をふんだくる相談をしていたと言ってきかなかった。少々老耄れてはいるが、意識はまず正常なのだから、わたしはよほど鮮烈で印象的な夢でも見たのだろうと思った。

「ところで、ミミはどうなるのかね」

と、きだみのるは言った。

「きだ先生さえよろしかったら、ここ二年は分校に置こうと思っています」

ノイローゼになっているというのは、結局は、わたしの養育の意志が信頼できないということだな、とわたしは思った。

「もちろん、いつ連れ出されても結構です。最初、手紙で申し上げたように、決して養女にしようなどとは思っておりませんから」

「ああ、そりゃわかっています」

なぜかきだみのるはくすんだ声を出した。

「ずっとお任せになるのでしたら中学は前沢に入れます。二年経ったら転任してここに戻ろうと思っています」

「ああ、そうですか」

「転任は思うままにできないこともありますが、わたしたちは僻地経験が長いので、大体は動けます」

「じゃあ、わたしが県にかけ合ってやろうか」

県の誰を知っているのであろうか。きだみのるはくつろいだ顔になっていた。

「そのあとは、どうなるのかなあ」

「高校は、まあこのあたりではいい方に入れると思います。それまでには、裕美ちゃん本来の力が回復されている筈ですから」

当の裕美は、さっきからバナナを頬張りながら、漫画本を見ていた。

「大学は、国立だったら入れてやれるでしょう。ただ、私立の医大というようなことだったら、きだ先生からも御援助いただかなければ無理です」

「そりゃあ構わんさ」

わたしは、きだみのるが裕美を預けるとき、給食費やなんかは払いますが、わたしぁいつも金を持っているわけじゃありません、と正直に言ったのを覚えていた。しかし、わたしは、きだみのるの作家的地位を認めていることを、何となく知らせてやりたい気持もあった。——私立医大となったら、いよいよ大作家の出番です——。

「それでよろしいでしょうか」

「結構です、お願いします」

おねがいしますと言われたのは初めてのようであった。互いに心安くなり、二人は酒がないのにあれこれと話を交わした。きだみのるは、話の合間に、ミミはねえ、ありゃあタレントだよ、ファンは君らのほかにもたくさんいる、などと、裕美についての自慢話をさしはさんだ。

会話が切れてしばらくしてから、ぽつり、ときだみのるは呟いた。

「人間、孤独に耐えにゃあ、いかんのだな」

それまでこのようなありふれたことをしみじみ口にすることはなかった。思いなしか、顔に生気がなくなっている。

「もしものことがあったら、どうしましょうか」

思い切って、わたしはいつか聞いておかねばならないと思っていたことを口に出した。

裕美のことだったら、即座に母親のもとへ帰すつもりだったが、きだみのるについては、長男とかその他の身内に連絡する必要があった。

きだみのるは聞き違えたのか応答に迷ったのか、

「そんなことはどうでも構わん」

と言った。そして、ふらり、と枯枝のような両腕をさし上げた。

「これさ、ばんざいだよ。葬式なんざあ、君、必要ない」

わたしがきだみのると話らしい話を交わしたのは、これが最後になった。

このあと逢ったのは、教育長宅に行こうとしたときに生家の門口ですれ違ったのと、翌年三月、都知事選に立った石原慎太郎の応援に行くと言ってきだみのるが東京に発つとき、これもやはり生家の門口ですれ違ったのとの、二回だけであった。

きだみのるは、前沢が倦きたのか、大船渡の方が居心地がいいと思い直したのか、もとの居候先に舞い戻った形になっていた。わたしの生家には、東京行きのときなど物を取りに寄るだけで、たまに滞在する場合も教育長宅で御馳走になっていたようであった。

用件はすべて電話になったが、それは限られた三つのことについてだけだった。

「本がなくなった。君の家のあたりには、泥棒がいるらしいや」

「ミミを、冬休みには長期間大船渡へよこして下さい」

「ミミは、中学はフランスに連れて行って入れます」

本がなくなったことには、あまり取り合わないようにした。引っ越して来た当初、よく夏ズボンとかシャツがなくなったと、やはり電話をよこしたものだったが、探さなくともそれらはすぐに出てきた。本にしても同じことで、自分がしまい忘れているのに違いないのだった。

裕美の今後のことについては、はっきりと学籍ができあがった以上、きだみのるがどうしようと、こちらに口をさしはさむ権限はなかった。それを何度も繰返して電話するのは、裏に何かがあるからなのかも知れなかったが、詮索する気は起らなかった。しまいにわたしは気のない返事であしらうだけになった。

裕美は、二学期の後半になると、学力の上で目立った進歩を見せるようになっていた。賢一たちの生真面な生活態度に感化されるのか、家庭生活でも少しずつおちつきを増してきていた。

しかし、ほとんど分校を訪れることのなくなったきだみのるを、日曜日など、大船渡に見舞うようにすすめると、いや、ときっぱり言った。そして、おじちゃんなんか、もう、あたしのそばからいなくなってほしいと、いつも洩らすのだった。

十一

その年の冬は前年に続いて雪が多く、冬休み前に除雪車が三度ほど出動した。子どもたちは大喜びで校庭の南側の坂で竹スキーや橇《そり》で遊んだ。裕美は秋のころ、

「ね、分校の冬ってどれくらい寒いの？　外にいると凍ってしまうくらい？」

とわたしに質問したことがある。放浪先に雪国がなかったのだろうか。

そのような裕美だから、初めての雪あそびには、犬ころのようにあどけなく夢中になった。

そして、できるだけ大船渡へ行く日を延ばそうとした。

しかし、わたしは、電話できだみのるの申し入れを受け容れている。彼は苛立ちながら冬休

みを待っているに違いないのだった。

裕美は、大船渡行きの汽車の出る駅に行くため、もものしくチェーンを巻いたわたしのブルーバードに渋々乗った。妻は、全員で送ってあげるからと、犬のゴンベエとレオも同乗させた。

「二晩ぐらいで帰って来ていいでしょ？」

と、裕美は車が動き出してから言った。

「だめだ」

「じゃ、三晩ぐらい？」

「いや……」

「一週間？」

「休みが終わるまでだ。前からそう言ってあるだろう」

「だって……」

わたしは、妥協してはならない、と自分に言い聞かせながらハンドルを握っていた。峠を越えたところで、道路わきの雪の壁に突っこんで動けなくなっている小型トラックに出逢った。賢一の父の車だった。

「手伝いましょうか」

わたしは車を止めて窓からからだを乗り出した。

「いや、大丈夫。チェーンは持ってるんだもん」

と賢一の父はこたえた。助手席には、頭をくりくりと青く刈った賢一が乗っていた。大晦日が近いので床屋に連れて行ってもらったのであろう。

「賢ちゃん」

と、裕美は快活な声で呼びかけた。

「すぐ帰ってくるからね」

「大船渡サ行ぐのか」

賢一は助手席から訊き返した。

「うん、でも、すぐ帰ってくる」

「子ども会サ、遅れンなよ」

「大丈夫」

賢一の父がチェーンを巻き出したところで、わたしは車を動かした。

「バイバイ、きっと遅れないからね」

裕美はゴンベエを抱いたまま手を振った。

「冬休み練習帳、忘れンなよ」

七人の子ども会の会長になっている賢一が念を押した。

「わかってる」

山道をカーヴして賢一の父の車が見えなくなったとき、裕美は、そうなんだ、子ども会にはどうしても出なくちゃいけないんだ、と、わたしに聞かせたげに呟いた。

汽車に乗ると、裕美は閉めたままの窓の向こうから激しく手を振った。それにこたえながら、わたしはふっと、これが最後になるかも知れない、と思った。裕美をきだみのるの許に遣《や》るたびに、その思いは胸をよぎるのだった。

帰りの車の中で、妻は口をひらかなかった。チェーンを巻いたまま国道を音をたてて走り、村にさしかかるまで、二人は黙ったままだった。

坂を上りはじめてからわたしは言った。

「帰ってくるかな」

「よこさないわ、きだ先生は」

妻は諦めきったような声で言った。

「しかし、大船渡では、裕美を嫌っているということだから、もとどおり、二人で居候はできないだろう」

「どこかよそへ行くとしても、帰って来ないわ」

妻は、それはもう決っている、という口調だった。

「何か、わけがあるのか」

「……………」

妻はしばらくおし黙った。わたしに隠していることがあるようだった。賢一の父の車が難渋していたあたりまで登ってから、妻はやっと語り出した。

「ほんとはね、きだ先生は、裕美をわたしたちのところから取り戻す工作をしていたの。その相談をしに裕美の母親のところへ行ったらしいわ」

「いつのことだ」

「九月の末頃」

わたしは記憶を手繰った。そして、九月末というのは、彼が裕美のことで互いにノイローゼになっているから話し合いたいと申し入れて来た頃であることを思い出した。

「ずいぶん、早いことじゃないか」

裏切られた思いがした。妻からもきだみのるからもである。

「取り戻す相談などしなくとも、返せと言われたらすぐさま返してやるのに」

「……………」

「母親との相談の結果はどうなったんだ」

「断られたそうです」

まさか、とわたしは思った。わたしは、母親は、連れ去られた裕美と逢いたがっているに違いないと思っていたのだった。勝気で無作法な言動しかとれなかった頃の裕美でさえ、母の声が聞きたいと言って涙ぐんだのだ。

「どうして断るのだ」

「今更ということじゃないかしら」

わたしは、母親が裕美を引き取らないという理由が、どう考えてもわからなかった。

「新しい男でもいて、帰られると邪魔なのか」

「わかりませんけど、きだ先生は逆に慰藉料を請求されたらしいわ。ずいぶんしょんぼりして帰って来たそうです」

九月末に逢ったとき、きだみのるがやつれていたのは、その衝撃のせいだったのだろうか。それにしても、わたしたちに正面切って裕美を返せとも言い兼ね、惑った揚句に七年間以上も傷つけっ放しにしていた女のもとへ出かけて行くなど、傲岸なほど誇り高いきだみのるには考えられないことであった。

「裕美から聞いたんだな?」

「ええ……。わたしたちが不在のとき、大船渡の医院の奥さんから電話があったんだそうです」

「そう言えば……」

と、わたしはきだみのるから裕美の母親について聞いたことがあるのを思い出した。どのような方ですかと聞くと、ありゃ魔女だよ、と言ったのだった。そしてつけ加えた。わたしから金をふんだくることしか考えちゃいねえ……。

「あれは、断られて帰った直後だったのだ」

何のことですか、と妻が聞いたが、わたしはこたえずに分校前の坂道のハンドルを切った。

夕食が終わると、久方ぶりに二人きりになったわたしたちは、何とはなしに手持無沙汰で早く床に就いた。裕美の気配のない宿直室は、常よりも風の音がきわだって聞え、天井が寒々しく高かった。風に吹かれた雪が窓の隙間からしのび入り、鱗粉のように光りながら部屋の中を舞った。

「実は、もう一つあなたに秘密にしていたことがあるの」

互いに眼が冴えていた。

「きだ先生は、本を盗んだのはあなただと思っているらしいのよ」

「なに！」

「そのことを、パーマ屋のおかみさんや、教育長さんのお宅で言い触らしていたらしいの」

「ばかな」

わたしは、ぬすむということばと、くさいという単語が生理的に嫌いだった。いわれもなく汚物をつきつけられる感じがした。

「居候のくせに、何を血迷っているんだ」

「大船渡の警察署にも何度も届けたんですって」

「警察は何も言って来ないぞ」

「本気にするはずがありませんわ。おしまいには、本がもっと失くなっているかも知れないから早く前沢へお帰りなさいって言われたそうです」

「もっと失くなっているかも知れない?」

だしぬけにおかしさがこみあげて、わたしは哄笑《こうしょう》した。

「署長も味なことを言う」

しかし、大声をあげて笑ったあとに、いやなおりが残った。外は吹雪に変わっているらしく、硝子戸《ガラスど》が鳴り出してカーテンが間断なく揺れた。わたしはしばらく味気ない思いを噛んでいた。

そして、

「裕美は返してやらなくちゃ、いけないな」

と言った。妻はしばらくこたえなかったが、やがて、

「あなたからそう言われるので、絶対黙っていてほしいと裕美は言っていたの」

涙声になっていた。

「お前はそれに加担したというわけだ」

妻を責めるつもりはなかったが、泥棒呼ばわりをされて黙っている法があるか、と思った。

「二人っきりの生活に戻るんだな」

裕美が帰って来てももう引き受けない、という意思をあらためながらわたしは言った。妻はしきりに嗚咽をこらえているようであった。薄暗い電燈の下で、スピッツのゴンベエがわたしたちの方を不安げに見ている。十年同居しているこの犬は、夫婦の気配を敏感に感じとるのだった。

「きだみのるは……」

とわたしはひとりごとのように言った。

「あの記事を読んでいたのかも知れないな」

わたしに言い負かされて裕美を分校に入れたという地方紙の記事である。そうでもなければ、このようにいわれのない憎しみの言動をとる筈がない。そう考えると、恩義と憎悪の中でのたうっている老残のきだみのるが、あらためてあわれであった。

冬休みが明けて二日ほどたってから、わたしたちの予想に反して裕美は分校に帰って来た。バスの終点から六・五キロの雪道を、タクシーも使わずに歩いて来たのだった。

「ただ今ぁ！」

と、裕美は底抜けに明るい声を出して玄関からとびこんだ。そして、おろおろと出迎えた妻に甘え声を出して抱きついてから、宿直室で冬休み練習帳の採点をしているわたしのところへ走って来て正座した。よほど急いできたのか息がはずみ、じっとりと顔が汗ばんでいる。

「ただ今帰りました」

裕美はお辞儀をし、きだみのるからでも買ってもらったらしい見慣れない赤いバッグから、国語、算数などの宿題のノートを取り出して並べた。それからわたしへの土産のミニサイズのジョニ黒と日記帳を差し出して言った。

「日記は、あとから二、三日まとめて書いた部分もあります。ごめんなさい」

わたしは黙って日記帳をめくった。

十二

裕美の日記——

十二月二十八日

とうとう大船渡へ行く日がきました。私は一関発九時の電車に乗るため、八時に家を出ました。女先生たち全員で見送ってくれました。駅につくと、ゴンベエが私の行くのをわかったように、車の中に残って、悲しそうな目で私をながめていました。男先生がお店でせんべいを買ったのを見て、私はマンガが買いたくなりました。そうすると、今までマンガはだめだ、と言っていた男先生が、

「裕美、マーガレットでいいのか」

と言ってくれました。

「いらない」

と思わず私は言いました。男先生はそれでもマーガレットを買ってきました。私は、マンガを買ってもらったことより、久しぶりに男先生にやさしいことばをかけてもらえた、ということの方がうれしく感じたのです。電車の中に入ってからも、私の頭の中は、そのことと、女先生たちと別れるのか、ということでいっぱいでした。そういうふうなので、マンガを読み終わったときは気仙沼をすぎていました。

大船渡へつくとおじちゃんが迎えにきていたのです。私は少しうとましく思いました。でも

もう八十だからつめたくするとかわいそうなので、できるだけやさしくつとめました。

盲腸を手術して入院している順子ちゃんのおみまいに行くと、おばさんにすごく甘えているので、

「私もだれか甘える人がほしい」

と、少しうらやましくなりました。

一月五日
おじちゃんは、いったいいつになったら東京に行くのだろう。明日、明日と言っているが、あのようすではとうぶん出かける気はなさそうだ。

女先生から電話がかかってきた。私はなつかしくてたまらなかった。声をきいてすごく安心した。電話がおわり、電話をかわったおばさんが、

「ミミ、二十日までいてもいいそうだよ。子ども会はのばしてもいいそうだから」

と言った。私は思わず、

「いや、私はぜったい十四日に帰る」

とどなって逃げてしまった。

もうここにはいたくない、帰りたくてたまらない、二十日までいるなんてまっぴらだ。私は

一人で泣いてしまった。むしょうに大森分校に帰りたい。これがホームシックというものだろうか。むしょうにさびしい、何かかけている。

私のふるさとは大森なのだ。そうであってほしい。遊ぶためではない、ここにはよそよそしさという物が、すきまに入っているようだ。私がいるところではない。

おじちゃんの老化は日ましにひどくなってゆく。おばちゃんが、

「ミミ、あんた中学校に入ったらおじちゃんといっしょにくらしなさい」

と言った。ハイとは言ったものの、私はそんなのはいやだ。女先生たちとくらしていきたい。おじちゃんにはかわいそうだが、いっしょにくらす気はまったくない。

見る人見る人、みんな私の目にはしあわせそうに見える。そんな一日だった。

一月八日

東京に出てきて三日目、私はおじちゃんとくらしていて、今日ほどはずかしく感じたことはない。それは電車内でのことである。とつぜん、

「ミミ、おい、いるか」

などと大声で話しかけてきた。みんながふりむいた。私はとてもはずかしいので、だまってしらんぷりをした。

このごろ少しおじちゃんに対して年代のずれを感じる。私が何をしても「あぶない」とか「一人で歩いてはいけない」などという。私はもう十一歳なのに、彼はいつまでも五歳だと思っているらしい。

とにかく、あまりにも自分勝手だ。大船渡に来てから読んだらしい新聞の記事にかこつけて、私をつれもどそうとしている。新聞がうそを書いている、と言っても信じないのだ。もっと私のしあわせを考えてほしい。

一月十日

何だかこのごろ出版社に行くのがはずかしい。「旅」の編集部に行っても私だけ子供なのである。なぜはずかしいのか自分でもわからない。正直にいうと、もう出版社には行きたくない。男先生も、冬休みになるともうれつに由迦と貞任の小説を書きはじめていた。できあがったら懸賞に出すつもりらしいが、ぜったい入選しないでほしい。作家という職業はあまりよいものではない。

おじちゃんは、新聞記事のことが解決するまで大森に帰さないといっている。しかしそれを解決する姿勢がまったくないというのはどうしたことだろう。

おじちゃんは私を檀ふみのような有名人にしたいらしい。おじちゃんは檀一雄が好きだからそう思うだろうが、私は別になりたいとは思わない。ただ小学校と中学校ぐらいはまともに卒業したいと思う。檀ふみだって大学に入ってからデビューしたはずだ。

私はなるべく早く大森に帰りたい。東京にいると、おじちゃんにひっぱりまわされて、勉強するひまもないのだ。勉強をするから残っているというと、ケッと言ってぶとうとする。

一月十一日

明治屋でおじちゃんから意外な言葉をいわれた。おじちゃんは私がいないと原稿が書けないそうだ。いや、書けないというよりは書くネタがないといった方が正しいだろう。いつもネタがなくなると私を書くので、そばにいないと具合が悪いらしい。そういう事だから私に学校をやめろ（たぶん）といったのだと思う。そうでないと私との関係を断ち、私のような子をまたさがしてくるという。おじちゃんにとって私とはいったい何だったのだろう。原稿を書くためにひきとられたのだったのか。

私はおじちゃんとくらそうかと考える。もちろん女先生たちといつまでもくらしたい。だが、ほかの子をさがす（ウソだと思う）となると、私のように学校に行けないでさみしい思いをする子ができるのだ。二度と私のような子ができてはいけない。

私のとるべき道はどっちなのだろうか。おじちゃんは、一回ことわった息子の家へは帰れないというのである。みえっぱりだと思う。たぶん、おじちゃんとくらせば学校へは行けないはずだ。自殺したくもなる。

一月十四日

もう十四日だ。私は宿題と子ども会のことが気になってならない。今日も平凡社につれて行かれた。

おじちゃんなんかきらいだ。行く先々で男先生の悪口を言ってまわる。あれでは私がいくらおじちゃんのことを、

「年をとっているから、ちょっと変なことというけど聞き流して」

といっても、みんなおじちゃんのいう事を信じる。男先生が悪者になってしまう。

このごろ学校をやめろといわれると友だちのことを思い出す。

「みんなと別れたくないなあ、せっかくできた友だちなのに」

と、賢ちゃんややす子ちゃんのことを思い出す。子ども会のことで賢ちゃんとの約束はやぶってしまった。おじちゃんは平気で、

「友だちなんてどこでもできる」

というけれど、私はそうは思わない。

「私はわがままだから、あそこでなければ長くつきあってはくれないだろう」

そう思っている。

一月十六日

小雨がまいおりてくる。そんな一日のはじまりであった。大森の夢を見た。東京はきらいだ。空気が悪いので何度かはき気をもよおした。毎日、帰りたい帰りたいと思っている。けれどもおじちゃんは学校がはじまっても帰さないという。できれば一人で帰りたい。今の私ののぞみといえば、何もいらないから早く帰らせてほしいということだけ。

電車の中で、とてもはずかしい思いをした。私とおじちゃんとは間に一人をおいて、はなれてすわっていた。その一人の人がおりて、その席に別の人がすわろうとした。とっさにおじちゃんは私の服をひっぱった。こっちによれというのだ。みんなが私をめずらしそうに見た。公衆の前なので何もいえなかったが、私は気分が悪かった。

いったいにかまいすぎだ。私には私の意思がある。もう少し自由にさせてくれてもいいと思う。

「明日は一日中総まとめで宿題をしよう」

といったら、

「そんなもの、しなくていい」

だって……。学校はそれじゃあ通らないのに、いやんなっちゃう。のこる宿題は感想文だけだからがんばるぞ。

一月十七日

もう十七日なのに、ちっとも感想文を書くひまがない。今日だって一日かかってやろうと思っていたら、

「たおれそうだから、いっしょに来てくれ」

とおどすのだ。西八王子で遠藤外科にいったら、

「なんでもない、どこもいじょうはないよ」って、いばって診察室から出てきた。バカにしている。

早く宿題を終わらせたいのに、明日も私をつれて岩波書店へ行くという。困っちゃう。

一月十八日

帰りたいな。今から帰ったとしても、かならず大船渡へ寄らされるから間にあわない。早くみんなの顔を見たい。おじちゃんのいじわる……。

私はもうすぐおじちゃんは死ぬと思う。にくしみからいっているわけではない。少しわすれすぎるのだ。神保町についた時なんて、

「ここはどこだ」

とか、岩波書店に行くときまっているのに、

「どこへ行くんだ」

とかいうのだ。

正直にいうと、私はおじちゃんと親子であったことをのろう。他人がよかった。ついでに一生出あわなければ、なおよかった。

一月十九日
どうしよう……どうしよう……こまってしまった。明日から学校だ。神に見はなされた感じだ。何をしていても学校のことが気にかかる。
おじちゃんは高尾の方にひっこして私とくらす気らしい。勉強は家庭教師をつけるという。本気らしい……が実行にうつすのは多分遠い日だと思う。でも私はいやだ。いやだ、いやだ。といってもたよれる人はいないのだ。
男先生は、少々まちがったことをいわれても、親にしたがえ、という。そのとおりにしたら、

私の一生はくるってしまう。おじちゃんとくらすようなことなら、自らの手で命を断とうとも思う。

もしも私が死ぬ時は、大森の友だちの顔を見てから死のうと思う。東京に来たら体重が二キログラムへった。

一月二十日

ばんざい、うれしい。明日大船渡に帰って、あさっては大森に帰れる。おじちゃんは一人でのこるという。帰ったら初めに何をしよう。二日おくれても宿題をやらなくっちゃ。

おじちゃんがあまりせきをするので心配だ。おじちゃんは、

「気にするな」

と言ってくれるが、一人帰るのが悪いような気がする。ただ、またかんしょうされた。

「東京以外のところでは、黒と紺の服しか着てはいけない」

私はまだ十一歳だ。かわいいのだって着たい。大森のみんなだって、黒と紺だけ着てくらしているわけじゃない。おじちゃんの古ダヌキ。

わあい、あさっては大森、大森、大森……。

十三

日記を読んで、わたしは追い返せなくなった。しかし、一方、裕美のやみくもな大森分校への郷愁と、そのためのきだみのるへの怨嗟《えんさ》とを、そのまま呑みこんでやるわけにもいかなかった。彼等は、結局は親子なのだ。

きだみのるは、どうやら衰弱しているようであった。わたしは裕美をひきとるとき、何の理由もなく、彼は二年後に死ぬ、という予感を持ったが、それからまだ半年ほどしかたっていなかった。その半年の間に急速にきだみのるが弱ってしまったのは、彼の最後のよりどころである裕美を取り去ったからかも知れない。ずいぶん辛い思いをしておじちゃんのところから抜け出して来たらしいから、無下に返しはできないが、近い将来、裕美はやはり返さなければならないようであった。

わたしは裕美に、

「きだ先生は、実はやさしい心根の人なんだな」

と言いながら、妻に日記帳を渡した。

「やさしいのかしら……」

裕美は、眼をつり上げたきつい顔で言った。

「自分のエゴばかりで、人の学校のことなんかどうでもいいんです」

裕美は、きだみのるからの聞きかじりの単語を会話に入れるので、変に大人っぽくませたことばになってしまうことが多かった。そのために、周囲の人から嫌われたり、わたしに殴られたりした。

妻は読み始めから涙をおさえ切れないようであった。声をしのぶのに苦労しながら、洟《はな》をすすっていた。わたしはやりきれない思いになりながら、裕美がわたしの前に並べている別の宿題ノートを手にした。

先ほどから正座しずめでわたしを注視していた裕美が、おずおずと真新しい箱入りの本をさし出した。

「おじちゃんが、先生にあげろって……」

それは、最近刊行された「現代日本論」という評論集であった。きだみのるは自分の作品ののっている新刊本を、前にも二冊ほどわたしに呉れていた。

「ありがたいことだな」

わたしは本を押しいただいた。

その評論集に、きだみのるは林達夫との若いころの往復書簡をのせていた。「コスモポリタンは何に忠誠《ロワイヨーテ》を持つか」という標題であった。

「私はいま私が気違い部落と呼んでいる村に来て……」

と書き出されていた。読みすすめると、つぎのような一節があった。

「さて先日『人間』の編輯者がこの山寺に訪ねて来、私と火じろを囲んでカストリを飲みながら現代の忠誠《ロワイヨーテ》に就て語りました。多分私は酒を飲みすぎていたのでしょう。彼が忠誠《ロワイヨーテ》の対象としてカトリシスム、国家、ボルシェビーキを云々したとき、それがあなたの興味となっているのだとは気がつかなかったのでした。で彼があなたとの往復書簡を書くように求めたとき、私は忠誠の対象としては、私にはより以上の価値を持つもの——それを裏切ることは私が私の存在を賭けて否定しているところのもののあることを云ったのでした。それは他の国の言葉でAmicusの名で呼ばれ、我々の国語では漠然と『友』という言葉で——この言葉は我が同胞の使う紹介状に於て最も濫用されていると云えるでしょう。——飜訳されているものです。理由は後で敷衍《ふえん》しますが、簡単に云えば、私が知っているという確信に到達していないものに私はどうして忠誠を尽し得るであろうかということです。とも角も我々の長い交遊の間に私の過去についての幾分の観念を持っているあなたは、『友《アミクス》』に対する私の尊重をある程度理解して貰えると思う。」

さらに、「で、『友』について。」と書き出されている部分があった。

「私に就て云うと、私の精神の形成期は私の血縁者の影響の外で、或は家族以外の血縁者に対する憎悪を保持しようとする努力のうちに送られたのでした。あなたも既に知っていられるように、地方に職を持っていた父の許から私を引き取って私を養育していた伯父たち並に伯母たちからは私は中学の央《なかば》で勘当されました。それから間もなく起った父の死のとき、母は私が家を継承するかどうか長男である私に訊ねたのでした。しかし私は原則として親類と交渉を持つことを快しとしなかったので、家は弟に継承させ、私は東京でそれも可及的に自力で勉強を続けることにしたのでした。そしてこの状態は今日もなお続いているのであります。

ですから私にとって家と血縁者は……（中略）……重要性を持ったことはないのです。肉体の血縁者をこのようにして失った私が友という精神の血縁者をどれほど大切にして来たか解れることと思います。それは Sine gubus non esse それがなければ私が存在し得なかったほどであると考えております。

この精神の血縁者については、私の境遇がいま云ったような不規則さを持っていたためでしょうが、恵まれていたと思います。このことを私は私の人生の第一の幸福に数え、これを誇ってよいと考えています。……（以下略）」

（『人間』一九五〇年四月号所収、戦後日本思想大系15・『現代日本論〈筑摩書房〉』より）

十ページばかりの分量であったために、七、八分で読み終わったわたしを、裕美は無造作に読み流したと思ったらしかった。

「おじちゃんは下手でしょう?」

と言った。

「上手だよ。そんなことより、俺などの批評を越えていらっしゃる」

「そう?」

裕美は安心したように炬燵に足を入れ、いつの間にか妻が持って来て炬燵板の上にのせていたみかんに手をのばした。そして何カ月ぶりかの甘えた声を出した。

「表紙の次の、扉っていうの? あすこんとこ見て」

わたしは布張りの紺の表紙を開いた。扉には、

「佐々木久雄君に　わが友情と共に　きだみのる」

と書かれてあり、さらに筋ばった感じのローマ字のサインがあった。

「教育長さんにも来ているのよ。見る?」

「いや、見ない」

それにも軽々しく「友」の字があるのなら、怖ろしいと思った。

転校手続きのための書類を持たせ、裕美をきだみのるの許へ返したのは、それから三カ月半

ほどたった昭和五十年五月三日であった。裕美は賢一と共に分校六年生になっていた。祝日を期して行なわれた岩手県南神楽大会に、わたしは裕美を待望の由迦の前に抜擢して出演させ、そのあと、声をおし殺して泣くのを、無理に上野行きの汽車に乗せた。東京の三鷹の病院に入院していたきだみのるの容態が悪化し、しきりに裕美を呼んでは錯乱しているというのを聞いたからであった。

きだみのるは裕美に逢って二カ月余り後、七月末の油照りの日に亡くなった。裕美は一度見舞っただけで、五歳のときから八年間へだてられていた母親のもとへ帰っていた。

十四

「ね、おとうさま」

と裕美は言った。

「私の受持の先生と、おとうさまと、どっちが偉いの?」

裕美は、おとうさま、と呼ぶのに、やっと慣れたばかりであった。慣れると、しきりにおとうさまを連発したがった。

三月のお雛様の日に籍を入れ、三月末の裕美の誕生日に、前沢のわたしの生家へ迎え入れたばかりである。裕美は結局、長い間離れていた母親からも疎まれ、親戚の家をたらい廻しされるなどして、結局一年と同居してもらえなかったのだった。

「お前の先生と俺とは同年輩だ。どっちが偉いということはないさ」

「だって、おとうさまはこんどの学校の教務主任でしょ？」

「教務主任っていうのは、単なる学校の一つの係だ。どだい……」

そして、わたしは気づいた。学校に入ってから、この子はまだ満二年になっていないのだった。それなのに、もう中学一年生であった。言動は時折生徒らしくなくなったり、ふいに幼児じみたりした。裕美は、今、小学校一年生のように、担任を褒めてもらいたいのだ。

「評判のいい先生だぞ、お前の担任は。前沢の碁会の世話役もやっているらしい」

「実力あるの？」

「あの先生は社会科だろ？　俺の国語なんか及ばないさ」

裕美はふうんと満足したようであった。

妻が言った。

「裕美ちゃん、もう寝なさい。おとうさまはこのあと、お仕事がもっとあるのよ」

「はあい」

裕美は素直に立って着替え、わたしの枕元に自分の蒲団を敷いた。そして、どさりと音をたて横になった。

「でも、あたし知ってるのよ」

裕美は言った。

「おとうさまのお仕事ってね。あたしが眠ったあと、小説書くんでしょ？　なるべく入選しないようにしてね、あたし、作家って、おじちゃんもおとうさまも大嫌い」

裕美はすぐに寝息をたてた。

あとがき

三好京三

「子育てごっこ」

わたしは自分を教育についてそう熱心な教師であるとは思っていなかったし、教育の場所というのはおもしろい小説の素材とはなりにくいと思っていたので、自分の生活とか、教育現場のことを小説として書くつもりはまったくなかった。

しかし、他のことを材料とした、おもしろいはずの小説は、いっこうに認めてはもらえない。自分だけおもしろいと思っても、読む人には全然おもしろくなかったのだ。

やがて、自分を切りきざみ、血を流していない小説は説得力がない、と、いつか誰かが言っていたことを思い出した。もう四十歳を過ぎていることでもあるし、ひとつ、それをやって文学少年時代から何となく続いていた創作生活にきりをつけよう、と思った。こんどのものが認めてもらえなかったら筆を折る——。

しかし、わたしには原爆体験のような壮絶な経験が過去になかった。ごく小市民的な、卑俗な生活をくりかえして来たに過ぎない。書くねうちのある存在感のあるものが胸にたまっている、というのではないのだ。

途方にくれた。

わたしには書くものがない。強いて探せば「子育てごっこ」の素材だけであった。長くわたしは迷った。

あげく、些細なことでも、ごく個人的なことでも、生きる、ということについて、必死に思いを凝らして書けば、小説になり得るかも知れない、と思った。そうするしかないのだ。

考えてみると、過去に生まれた名作と言われるものは、必ずしも戦争とか原爆とか無惨な死とか、壮絶なものだけが題材になっているわけではない。ごくおだやかで変哲のないことがらを書いても、万人を感動させる傑作というのもあるのだ。

傑作は望み得べくもないが、三十年間人の眼にふれない小説を書いて来たものの最後の碑となるような、自分をさらけ出した小説を書いてみようと思った。

私小説のかたちになろうが、物語小説のかたちになろうが、自分を書く。肩の力をぬき、文体にもこだわらず、気ままに書きたいように書く。そう決意したのには、前回（第四十回）の文學界新人賞の選評の中の、「好きなことを好きなやうに書いてみないか（丸谷才一氏）」という提言の影響もあった。

わたしが気儘に書くと、しつこくてしまりのないものになる危険があった。その上、少年時代、無頼派（織田作之助、坂口安吾、太宰治）に溺れていた。だから、教師でありながら、わたしには無頼派の血が流れている。正直に思いを吐き出せば、教師にあるまじきおどろおどろしさをみずから暴露してしまうことにもなるのだった。文章も、昔はよくまねた織田作、坂口安吾、太宰、それから青年期に学んだ丹羽文雄のものが、なまで露出してしまうかも知れない。しかし、そのような気づかいはすべて捨てることにした。最後の勝負であった。なりふり構わず書いた。

結果、モデル（きだみのる、その娘、わたしの妻）を現象的にはいちじるしく傷つけることになった。自分が自分の血を流すのはいい。しかし他人を傷つけてよいのか、と後めたさが湧いた。

それでも第四十一回文學界新人賞にその作品「子育てごっこ」を出した。

応募して一カ月、きだみのるが亡くなった。もし受賞することでもあれば、その作品を材料にし、叱られたり、論争し合ったりすることになるかも知れないと思っていたのだった。

わたしは死者を鞭うったことにならないか？

気持がますますおちつかなかった。

「子育てごっこ」は文學界新人賞を受けることになった。

年来の望みは果たされたが、わたしには生活体験文を書いたという感想しかなかった。新人作家として、新たに多くの作品を書きすすめるための技術が、まだそなわってはいないのだ。

しかし、続編「申し子」を書いた。少女を養女にするとかしないとか、いろいろと事情が引き続いているさなかであった。進行中の事がらを小説にするのだから、素材が消化されていない。「子育てごっこ」を書くにあたって危惧した「しまりのなさ」が「申し子」にはもろにあらわれた。

編集者から、七回、書き直しを命じられた。満二カ月、毎晩毎晩書き直しに呻吟しながら、最後には、自分の作品がよくなったのかどうなのか、評価ができなくなっていた。

その「申し子」が、この本では「子育てごっこ　第二章」となっている。これを書く期間が、文章について難行苦行する、小説家としての実質的なスタートの意味を持つことになった。

つまり「子育てごっこ」前半は、文学少年最後の記念碑であり、後半は、駈け出しの遅い小説家の、スタートの軌跡である。

そういう意味で、素材とした実際の生活と共に、この作品は、生涯わたしの忘れ得ないものとなるはずである。

「親もどき〈小説・きだみのる〉」

初めての注文原稿である。

編集者は、実名小説でもあることだから、注文に応ずるかどうかは、二、三日考えてからでいい、と言ったが、わたしは即座に引き受けた。プロになろうとする者が、注文にためらってなどいられないと思ったのだ。

気負っていたのに違いない。どう書くかはあとで考えた。

とにかく、実名小説だが、暴露小説になってはまずい、ということだけは頭にあった。それから、わたしはきだみのるをごく部分的にしか知らない、と思った。彼の業績を熟知し、その生涯に近接していた人は、他に何人もある。きだみのるをまるごと書くのはその人たちが適任だから、やっぱりわたしは「子育てごっこ」にかかわる人間としてのきだみのるを書くしかないと考えた。

「子育てごっこ（第一章）」は彼が病床にいる間に書いた。しかし、実名小説は死後のものである。死者を鞭うつことはつつしまなければならない。

死者を鞭うたぬために、わたしはごく細心で、しかも謙虚になる必要があった。きだみのるだけが実名で、他の者が仮名ではまずい。すべての地名、人名を実名とした。

一人だけ仮名にした。少女裕美である。彼女はすでにわたしの養女となっており、中学一年であった。もう小説に書かれるのはいやだと言っている。生身の中学生を傷つけるのは教師でもあるわたしの本意ではなかった。

きだみのるも、娘だけを仮名にすることは許してくれそうな気がした。

書くことがらは、しばしば「子育てごっこ」と重複した。しかし、そこをよけて書いては実名小説「親もどき」も成り立たないことになる。加えて、編集者は、

「『子育てごっこ』は誰も読んでいない。そういう立場で書いてください」

と言っている。

わたしは新人のかなしさで、ひとりよがりに筆をすすめる傾向があった。自分でわかっていること、前に書いたことは、すでに読む人も知っていると思いこみ、説明不足、描写不足のまま語り進めてしまうのである。

編集者の忠告は、そのようなわたしの悪い癖をおぎなう意味も持っていた。

重複をおそれず書くことにした。ひどいところは、「子育てごっこ」そのままの文章を使っている。少女の入学手続きの中味を説明する部分三行である。フェアではないと気おくれがしたが、同じ事実を書くのであるし、読者が「子育てごっこ」を読んでいないという前提に腰をすえなければ、という気持もあった。

同じ本に「子育てごっこ」「親もどき」がおさめられることになると、そこはやはりおかしいことになる。しかし、そのほかのところも、重複部分はすべておかしいのである。テーマが違うということで筆は入れず、お許しいただくことにした。

さて、実名小説は死者を鞭うつことになったのかならないのか？

それは読者の判断にゆだねなければならないが、編集者は、

「きだ先生に対する敬愛が底に流れているからそうはなっていない」

と言ってくれた。「子育てごっこ」受賞のときの選考委員、坂上弘さんも、

「実名小説だが通俗小説とはなっていない」

と、「三田評論」で批評してくださった。

ありがたいことであった。

きだみのるとわたし

甘えてはいけないが、実は同じ選考委員の石原慎太郎さんは、「子育てごっこ」(第一章の八)について、そこがとつぜん少女のモノローグになっているのが不自然だから書き直すように、と助言してくださっている。編集者からも知恵を授けられ、第一章の八は書き直した。坂上さんも石原さんも、担当の編集の方も、年齢の上ではわたしより下である。しかし、文学上の先輩であることはまちがいがなく、先輩の批評、助言はありがたいものである。先輩といえば、直木賞の選考委員であった故柴田錬三郎さんは、「子育てごっこ」は奇人きだみのるという人間がいたからこそ初めて存在し得たので、自分には一片の感動だになかった、と酷評なさったが、それもわたしにとってはありがたい助言であった。

たしかに、今になってみると、「子育てごっこ」「親もどき」のような事情は、日常的なことがらのようでありながらそうざらにあることではない。そういう点では「事実」に助けられ「きだみのる」に助けられてようようわたしの作品が生まれたということは言えるのである。そのことを考えると、きだみのるは、自分の血をわけた少女をわたしの娘として手渡してくれたと同時に、彼の作家としての血脈をわたしに引き継いでくれたということにもなる。

事実の上での恩怨は措き、わたしは深くきだみのるのことを思わないわけにはいかない。「子育てごっこ」「親もどき」は、未熟な時期の未熟な作品であるが、たとえほかの人が書くにしても、わたしもきだみのるの全貌を描き出すような作品を、いつかは精魂こめて創らなければならないと、あらためて思っている。

少女への妄執に憑かれた老人は、教育の場からみると否定的にしか評価できないが、きだみのるの生涯、業績は、充分に探究に堪える質量をたたえていると考えるのである。

一九七九・晩秋

初出誌一覧

子育てごっこ　「文學界」昭和五十年十二月号

申し子　「文學界」昭和五十一年五月号

親もどき〈小説・きだみのる〉　「別冊文藝春秋」百三十七号

〈単行本収録に当り、「子育てごっこ」、「申し子」を「子育てごっこ」第一章、第二章とし、決定稿とす〉

P+D BOOKS ラインアップ

四十八歳の抵抗　石川達三
●中年の危機を描き流行語にもなった佳品

強力伝　新田次郎
●「強力伝」ほか4篇、新田次郎山岳小説傑作選

ア・ルース・ボーイ　佐伯一麦
●〝私小説の書き手〟佐伯一麦が描く青春小説

マリリン・モンロー・ノー・リターン　野坂昭如
●多面的な世界観に満ちたオリジナル短編集

時代屋の女房　村松友視
●骨董店を舞台に男女の静謐な愛の持続を描く

北の河　高井有一
●抑制された筆致で「死」を描く芥川賞受賞作

P+D BOOKS ラインアップ

子育てごっこ　三好京三　●未就学児の「子育て」に翻弄される教師夫婦

喪神・柳生連也斎　五味康祐　●剣豪小説の名手の芥川賞受賞作「喪神」ほか

宣告(上)　加賀乙彦　●死刑囚の実態に迫る現代の〝死の家の記録〟

宣告(中)　加賀乙彦　●死刑確定後独房で過ごす青年の魂の劇を描く

宣告(下)　加賀乙彦　●遂に〝その日〟を迎えた青年の精神の軌跡

フランドルの冬　加賀乙彦　●仏北部の精神病院で繰り広げられる心理劇

P+D BOOKS ラインアップ

時の扉(上)	辻 邦生	●自己制裁の旅を続ける男が砂漠で見たものは
時の扉(下)	辻 邦生	●愛のエゴイズムを問い続けた長篇完結へ
ばれてもともと	色川武大	●色川武大からの〝最後の贈り物〟エッセイ集
エイヴォン記	庄野潤三	●小さな孫娘が運んでくれるよろこびを綴る
鉛筆印のトレーナー	庄野潤三	●庄野家の「山の上」での穏やかな日々を綴る
さくらんぼジャム	庄野潤三	●小学生になったフーちゃん。三部作最終章

P+D BOOKS ラインアップ

海市	福永武彦	●親友の妻に溺れる画家の退廃と絶望を描く
風土	福永武彦	●芸術家の苦悩を描いた著者の処女長編作
夜の三部作	福永武彦	●人間の〝暗黒意識〟を主題に描く三部作
夢見る少年の昼と夜	福永武彦	●〝ロマネスクな短篇〟14作を収録
加田伶太郎 作品集	福永武彦	●福永武彦〝加田伶太郎名〟珠玉の探偵小説集
廃市	福永武彦	●退廃的な田舎町で過ごす青年のひと夏を描く

P+D BOOKS ラインアップ

居酒屋兆治	山口瞳	高倉健主演映画原作。居酒屋に集う人間愛憎劇
血族	山口瞳	亡き母が隠し続けた私の「出生秘密」
家族	山口瞳	父の実像を凝視する『血族』の続編的長編
父・山口瞳自身	山口正介	作家・山口瞳の息子が語る「父の実像」
単純な生活	阿部昭	静かに淡々と綴られる〝自然と人生〟の日々
十字街	久生十蘭	鬼才・久生十蘭が描く傑作冒険小説

P+D BOOKS ラインアップ

別れる理由1　小島信夫　●伝統的な小説手法を粉砕した大作の序章

別れる理由2　小島信夫　●永造の「姦通」の過去が赤裸々に描かれる

別れる理由3　小島信夫　●「夢くさいぞ」の一言から幻想の舞台劇へ

別れる理由4　小島信夫　●「夢くさい世界」で女に、虫に、馬になる永造

別れる理由5　小島信夫　●アキレスの名馬に変身した永造だったが…

別れる理由6　小島信夫　●最終巻は〝メタフィクション〟の世界へ

P+D BOOKS ラインアップ

フランスの大学生　遠藤周作　●仏留学生活を若々しい感受性で描いた処女作品

春の道標　黒井千次　●筆者が自身になぞって描く傑作〝青春小説〟

黄金の樹　黒井千次　●揺れ動く青春群像。「春の道標」の後日譚

快楽（上）　武田泰淳　●若き仏教僧の懊悩を描いた筆者の自伝的巨編

快楽（下）　武田泰淳　●教団活動と左翼運動の境界に身をおく主人公

上海の螢・審判　武田泰淳　●戦中戦後の上海を描く二編が甦る！

（お断り）

本書は1979年に文藝春秋より発刊された文庫を底本としております。

あきらかに間違いと思われるものについては訂正いたしましたが、基本的には底本にしたがっております。また、一部の固有名詞や難読漢字には編集部で振り仮名を振っています。

本文中には老耄れ、孤児、漁師、娼婦、おさんどん、気違い、日教組野郎、問題児、部落、特殊児童、浮浪児、百姓、下女、先公、厄介者、物乞い、商売女、田舎教師、妾、貧民、気違い部落、賄婦などの言葉や人種・身分・職業・身体等に関する表現で、現在からみれば、不当、不適切と思われる箇所がありますが、著者に差別的意図のないこと、時代背景と作品価値とを鑑み、著者が故人でもあるため、原文のままにしております。差別や侮蔑の助長、温存を意図するものでないことをご理解ください。

三好京三（みよし きょうぞう）
1931年（昭和６年）３月27日―2007年（平成19年）５月11日、享年76。岩手県出身。本名・佐々木久雄。1976年『子育てごっこ』で第76回直木賞受賞。ほかに『分校日記』『遠野夢詩人』などの作品がある。

P+D BOOKS

ピー プラス ディー ブックス

P+Dとはペーパーバックとデジタルの略称です。
後世に受け継がれるべき名作でありながら、現在入手困難となっている作品を、
B6判ペーパーバック書籍と電子書籍で、同時かつ同価格にて発売・配信する、
小学館のまったく新しいスタイルのブックレーベルです。

子育てごっこ

2020年6月16日　初版第1刷発行

著者　三好京三
発行人　飯田昌宏
発行所　株式会社　小学館
〒101-8001
東京都千代田区一ツ橋2-3-1
電話　編集　03-3230-9355
　　　販売　03-5281-3555
印刷所　昭和図書株式会社
製本所　昭和図書株式会社
装丁　おおうちおさむ（ナノナノグラフィックス）

ISBN978-4-09-352393-6

P+D BOOKS